KB063415

어려서부터
장래 희망은
아빠였다

.

어려서부터
장래 희망은
아빠였다

한승훈 지음

자상한시간

惠榮과 雪榮에게

프롤로그

 아내가 임신하고 나서 가장 많이 들었던 말은 "아내를 힘들게 하지 말라"였습니다. 세상 속에서 임산부의 남편은 도움이 되기보다 방해를 하는 경우가 많은 것인가? 하는 의문이 들었습니다. 여러 방향으로 질문을 던졌습니다. 가족이란 무엇인지, 두 사람이 살 때와 세 사람이 살 때는 어떻게 달라지는지, 부모님은 어떻게 나를 키우셨는지, 임신한 아내는 어떤 어려움을 안고 있는지, 어떤 마음으로 출산과 육아를 준비하는지 알고 싶었습니다. 그리고 그 안에서 정말로 남편이 하는 역할이 '아내를 힘들게 하지 않는 것' 뿐인지 궁금했습니다. 하지만 정답을 찾지는 못했습니다. 정답인지 아닌지 알 수 있는 재주가 없으니까요. 다만 저의 고민의 흔적들이 이 책을 읽는 사람들에게 약간의 힌트가 되기를 바랍니다.

임신은 육아를 하게 되기까지 무엇보다 중요한 시간입니다. 모든 기쁨과 기대감, 힘듦과 염려가 열 달이라는 날들에 한 글자 한 글자 새겨집니다. 육아는 시작이 있고 마무리가 없지만 임신은 시작이 있고 마무리 같은 시작을 향해 달려갑니다. 임신 기간이 줄어드는 것은 희망이 됨과 동시에 두려움을 안게 합니다. 임신 기간만큼 압축적으로 누군가를 기다리며 생각할 때가 있을까요? 하지만 마음 깊숙한 곳에서부터 터져 나오는 생각과 마음들이 정작 육아를 시작해 아이를 키우게 되면 쉽게 잊혀집니다. 그래서 280일이라는 시간이 그저 스쳐 지나가는 것이 아쉽다고 느껴 소중한 시간을 잊지 않기 위해 글을 적게 되었습니다. 아빠가 되고 싶었지만 어떻게 아빠가 되어야 하는지는 몰랐던 사람이 더듬더듬 아빠가 되는 방법을 익혀 나가는 글입니다. 아이가 태어나기까지의 기다림과 부모가 되기까지의 짧고도 긴 시간을 적은 비망록이라고 봐도 좋습니다.

어려서부터 장래 희망은 아빠였다 ▬▬▬▬▬▬▬▬

어려서부터 장래 희망은 아빠였다

아내가 임신했다

어려서부터 장래 희망은 아빠였다. 커서 가지고 싶은 직업이나 특별히 되고 싶은 사람은 없었지만 아빠가 되고 싶다는 바람은 줄곧 가지고 있었다. 하지만 평생 할 일을 찾는 것보다 쉬운 일이라 여겼던 결혼과 나의 아이를 가지는 일이 생각보다 꽤나 어렵다는 걸 깨닫게 된 건 투병이 끝나고 직업을 갖게 될 즈음이었다. 세상에 자연스럽게 되는 일은 아무것도 없다는 걸 이미 알고 있었음에도 어리석게 결혼과 아이는 자연스럽게 따라오는 것이라는 생각을 했다. 누군가를 만나는 것도 어려웠지만, 결혼할 사람을 만난다는 건 그보다 훨씬 어려웠다. 오랫동안 나는 연인의 가족이 반기지 않는 사람이라는 틀에서 벗어나지 못했다. 내가 스스로 투병을 겪은 사람이 아니라는 인식과 내 주변 사람들이 더 이상 "요즘에는 아픈 곳 없지?"라고 물어보지 않게 될 때까지 오랜 시간이 걸렸다. 그 감정이 트라우마로 인한 나의 착각이었는지, 실제로 있었던 일들이었는지 알 수 있는 방법은 없다. 다만 그렇게 길고 긴 시간을 겪으며 혼란스러웠던 나를 혼란스럽지 않게 해준 건 지금의 아내였다.

나의 의지와 관계없이 발생한 질병, 그로 인해 내가 스스로 해결할 수 없는 부분을 아내는 문제라고 보지 않았다. 나의 부족한 점은 아내가 보았을 때 부족한 부분이 아니었다. 아내는 문제는 해결하면 된다 했고, 나에게 훨씬 더 많은 좋은 점들이 있다고 보았다. 그런 아내에게 좀 더 부드럽게 결혼을 말했으면 좋았으련만, 내가 상대에게 결혼 적임자가 될 수 있다는 생각을 하지 못했던 나는 딱딱한 말로 결혼을 이야기했고, 비교적 짧은 연애 기간에도 결혼을 하게 되었다. 결혼식 날 장모님이 나를 안아주며 해주신 말, "우리 집에 온 선물 같은 사람"이라는 말을 나는 영원히 잊지 못한다.

결혼 생활의 관건은 상호 간의 에너지 보존이라는 생각을 많이 했다. 서로가 좋은 말과 좋은 행동을 할 수 있는 건 둘 다 에너지가 있기 때문이고, 둘 다 에너지가 소진되지 않기 위해 다양한 방법으로 서로를 도왔다. 우리가 결혼 생활 초기를 잘 보낼 수 있었던 건 알아서 할 수 있는 걸 각자 알아서 했기 때문이었다. 아내는 아내의 영역에서, 나는 나의 영역에서 장점을 세워 집을 함께 꾸려나갔다. 리모델링하고 들어온 신혼집은 우리들이 아끼며 함께 살아가는 기반이 되었다. 서로 사랑하기 위해서는 사랑의 터전이 있어야 한다. 서로 관심을 갖고 마음껏 애정을 표현하고, 사랑이 함께 자라는 곳, 그곳이 바로 우리가 함께 살아가는 집이었다. 서로가 서로를 아끼며 살아갈 수 있는 터전을 유지하기 위해서 아이를 낳는 것이 '두 사람의 에너지 보존'에 좋은 일인지 고민했다. 우리는 서로 사랑할 수 있는 환경과 과정, 에너지가 소진되지 않는 방법, 내가 아내의 에너지를 채워줄 방법, 아내가 나의 에너지를 채워줄 방법 등에 대해 많은 이야기를 나누었다. 그렇게 나온 결론은 '아이가 있는 상태에서는 우리의 에너지 보존이 쉽지 않겠다.'였다. 평화로운 사랑을 하기 위해서는 무언가 포기해야 하는 것이 있는 게 당연했다. 물론 경제적인 이유도 나의 개인적인 이유 중 하나였다.

언젠가 데이트를 하다 아내에게 진지하게 이야기했다.

"너는 무언가를 하거나 익숙하지 않은 어떠한 것을 만날 때 그에 적응하고 관계하기 위해 큰 에너지를 들이는 사람이고, 항상성을 가진 채 자기 모습을 유지하기 위해 일정한 거리와 예측 가능성이 필요한 사람이기 때문에 우리가 아이를 낳아 세 사람이 된다면 그 생활을 꾸려나가기는 쉽지 않을 것이다. 아이가 생긴다면 우리가 예상하지 못한 스트레스와 서로의 모습을 유지하지 못하게 하는 돌발성이 서로를 힘들게 할 테니 우리는 둘만 살아가자."고 말했다.

나는 2009년에 암 3기 판정을 받아 항암치료를 6차까지 받았고, 2016년 재발 판정을 받아 수술을 했다. 나의 질환은 임신에 치명적이었고, 아내는 이 사실을 알고 있었음에도 나에게 이와 관련된 이야기를 한 번도 하지 않았다. 아이를 낳지 않는 게 우리에게 더 나은 길이라는 결론을 내렸지만 나는 그럼에도 내가 아빠가 될 수 없는 것인지, 아빠가 될 가능성이 있는 것인지 확인을 해보고 싶었다. 이 모든 과정에서 무엇보다 중요한 건 임신을 하고 출산을 해야 하는 아내의 의견이었기 때문에 아내에게 정자 검사를 받아보고 싶다는 생각을 전했다. 아내는 나의 바람을 존중해 검사를 받아보라는 말을 해주었다. 정자 검사 결과는 그다지 좋지 못했다. 정상 범위의 기준치를 아슬아슬하게 넘는 게 두어 개 있었고, 나머지는 기준 이하였다. 결과를 들었을 때는 사실 특별한 소감이 없었다. 오히려 나는 의사에게 정관수술을 미리 할 수 있는지 물어보았고, 의사는 아직 아이도 없으니 그럴 필요는 없다며 나를 말렸다. 병원을 나와 집으로 돌아가는데 차분했던 마음에 파도가 생겨 잠잠해지지 않았다. 정신을 잠시 놓은 사이에 생긴 파도는 어느새 나를 집어삼켰다. 그랬다. 나는 사실 아직도 아빠가 되고 싶었다. 아빠가 되고 아이를 키우며 내가 모르는 나의 모습을 보고 싶었다. 아이가 커가는 걸 지켜보며 아이와 아내의 삶이 조금씩 풍요롭게 되기를 바랐다. 아내의 마음, 나의 마음, 아이의 마음이 각기 다르겠지만 그럼에도 서로를 생각하고 아껴주며 세상을 살아가는 당위를 찾아 삶을 보내보고 싶었다. 나는 아빠가 되고 싶었다. 아내에게 꼭 가볍고 편하게 이야기를 해야지 수없이 다짐하고 망설이며 집으로 들어섰지만 아내의 얼굴을 보는 순간 내 감정이 통제되지 않았다. 나는 의자에 앉아 꺼이꺼이 울었다. 나도 모르는 나는 여전히 아이를 키우고 싶었다. 아이를 키우는 삶을 살아보아야 신이 주는 섭리와 인간으로서 할 수 있는 사랑의 모든 체험을 다 해볼 수 있다고 생각했다. 서로 사랑하는 삶이란 내 삶의 목적이자 목표였다. 나는 아빠가 되고 싶었다.

　그날 아내와 나는 만약 아이가 자연스럽게 생기면 낳자는 이야기를 나누었다. 아이가 자연적으로 생기기 어렵다는 결과를 받으니 오히려 마음이 편해졌다. 둘이 오랫동안 행복하게 살아갈 방법에 대해 줄곧 고민하기도 했다. 혼란스럽고 힘들었던 시간을 함께 보내온 친구들은 드디어 내가 행복하고 편해 보인다며 글을 쓰지 않아도, 인지적 날카로움이 줄어들어도 좋다고 했다. 무던하고 풍요로운 평화의 감각을 온몸으로 느끼는 삶은 정말 좋았다. 살면서 처음으로 느끼는 감각들이었다. 보통의 평화와 행복을 느끼며 인생을 살아갈 준비가 되었다고 느꼈다. 서른아홉이 되어서야 찾은 인생의 균형감이란 이토록 좋은 것이었구나. 하루하루가 즐거웠다. 그리고 아내가 임신했다.

우리는 서로를 안아 준다

아내의 손에 들린 임신 테스트기에 두 줄이 떴다. 검사를 해보라고 한 건 나였으니 그다지 놀라진 않았다. 오히려 나보다 훨씬 더 놀란 아내를 안아 주고 달래주었다. 나는 기뻐했고, 아내는 어떡하냐는 말을 반복했다. 좋은 마음과 함께 복잡한 마음이 혼재했지만 내가 해야 하는 일은 기뻐하는 일이었다. 기뻐해야 하는 일임이 분명했다. 신이 준 축복 같은 아이였다. 마음의 복잡함과 무거움을 느끼는 동시에 축복 같은 아이가 나에게도 왔다는 기쁨도 그대로 느꼈다. 나를 부르던 아내의 떨리는 목소리, 나를 바라보던 눈빛에 담긴 염려와 기쁨과 혼란을 함께 바라보고 느꼈다. 나는 직접 임신하는 엄마가 될 수 없다.

그래서 임신하는 당사자가 느끼는 마음의 불안을 알지는 못한다. 섣불리 언어를 만들어 뱉는 것도 현명하지 못한 일이었다. 그래서 아내를 진심으로 안아 주고 그저 기뻐했다. 우리는 2023년 3월 4일에 결혼했고, 2023년 5월 16일에 임신을 확인했다.

그날 오후에 아내와 함께 병원에 갔다. 의사는 아직 아기집이 생기지 않아 보이는 건 없지만 임신을 확신한다고 했다. 아무것도 모르는 우리는 몇 가지 설명을 듣고 다들 임신을 준비할 때부터 먹는다는 엽산을 비롯해 몇 가지의 비타민을 주문했다. 의사는 산전 검사와 혼전 검사 등을 받았는지 물어보았다. 우리는 그중 무엇도 하지 않았다. 사실 그런 검사가 있는지조차 몰랐다. 심지어 임신 전부터 엽산을 미리 챙겨 먹어야 하는 것도 제대로 알지 못했다. 우리는 계획 임신이 아니었기 때문에 임신을 했을 때 정확히 어떤 일이 벌어지는지도 모른 채 2024년 1월에 태어날 아이를 맞이할 준비에 들어갔다. 나는 아빠가 되고 싶다는 생각만 했을 뿐 구체적으로 아빠가 되려면 어떤 과정을 거쳐야 하며, 어떠한 사람이 되어야 하고, 어떤 일들을 해야 하는지를 생각해 본 적이 없다는 것을 아내가 임신하고 나서야 깨달았다. 나에게 준비된 것은 아빠가 되고 싶다는 의지 단 하나뿐이었다. 나는 아내에 대한 것도, 아이에 대한 것도, 결정적으로 '아빠'가 무엇인지도 몰랐다.

아내가 임신하기 전에는 아이가 우리의 균형감을 깨뜨리고 에너지를 부족하게 만들어 부부관계를 악화시킬 수 있다고 생각했다. 우리는 적지 않은 나이에 만났고, 혼자 오랫동안 살아온 사람끼리 결혼을 한 만큼 '따로 또 같이'가 결혼을 잘 유지할 수 있는 비결이 될 것이라 여겼다. 하지만 결혼을 한 지 73일 만에 갑작스럽게 아이가 생겼다. 두 사람이 잘 살아갈 수 있는 기반을 다질 시간도 부족한 와중에 셋이 될 준비를 먼저 해야만 했다. 아이가 생기면 신혼이 끝나는 거라던데, 우리의 짧은 신혼은 이대로 끝나는 것인가 하는 아쉬움이 있었다. 하지만 결혼한 지 얼마 되지 않은 부부의 설렘이 남아 있는 채로 아이가 태어났을 때 그 기쁨과 행복이 더 클 거라는 마음이 더 가까이 닿았다.

아이를 확인하기까지는 시일이 더 필요했다. 우리는 10일 뒤 다시 병원을 방문하기로 했다. 선생님은 아기가 세포의 형태로 자궁으로 오는 중이라고 알려주었다. 작은 세포가 한 사람이 되기 위해, 아내의 배 속에서 우리를 만나기 위해 오고 있다는 사실이 너무 신기했다. 아이가 태어나면 나는 아빠가 되고 아내는 엄마가 된다. 결혼을 하고 70여 일의 시간이 지난 후 우리는 인생의 다음 단계로 들어섰다. 당황스러움이 없었던 건 아니지만 우리가 만나게 된 것도, 결혼을 하게 된 것도, 아이가 생긴 것도 다 이루어질 만한 때였기 때문에 이루어졌을 것이다. 정해진 때라는 건 없다. 삶은 늘 우리의 예상을 벗어난다. 인생은 생각하지 못한 것을 주고 그 대가로 내가 갖고 있던 것을 가지고 간다. 그렇다고 놓아버린 것들을 되돌아보기에는 삶이 나에게 준 새로운 것들이 알려주는 또 다른 기쁨이 있다. 우리의 결혼 생활도 완전히 새로운 방향으로 가게 되었다. 준비하지 못한 채로 새로운 삶을 살아간다는 게 어떤 일이 될지 아직 모른다. 하지만 지금의 나는 일단 온 마음으로 새로운 선물을 맞이하는 기쁨을 느끼고 있다.

예측 불가능성에 대한 신뢰

몇 년 전에 나는 사람들이 아이를 키우는 이유가 무엇인지 고민한 적이 있다. 아이를 키우는 건 많은 희생이 필요하고 나의 희생을 보답받을 가능성도 요원한 일이라고 생각했다. 원망이나 받지 않으면 다행이라는 기분이랄까? 그럼에도 사람들이 아이를 낳고, 아이를 키우고, 아이를 사랑하고, 아이가 사랑을 주지 않아도 괜찮은 이유가 알고 싶었다. 아이를 키우는 몇 명의 친구들과 주변 사람들에게 물어보면 다들 "당연히 키워야 하니 키우는 것"이라는 비슷한 대답을 했다. 그들에게 아이를 키우는 건 삶을 살아가는 데 특별한 이유가 필요하지 않은 것과 비슷했다. 삶이 주어지니 살아가는 것처럼 우리 아이가 주어지니 키우는 게 너무 당연한 일이라는 것이다.

나는 아이가 있는 삶을 가끔 생각해 보았었다. 그 생각의 마무리는 언제나 아이가 나에게 좋은 영향을 줄 것이라는 결론이었다. 아이의 존재가 내 삶의 의욕을 더 높여주고, 아이를 키우며 많은 것들을 깨닫고 더 나은 존재가 되며, 아이에게 좋은 영향을 주기 위해 노력을 할 것이라는 사실만으로도 의미가 있다고 생각했다. 아이를 키우는 데는 많은 어려움이 따르겠지만 물리적인 노력들이라면 얼마든지 할 수 있다고 생각했다. 다만 해 본 적이 없으니 할 말이 없었다. 아이를 키우는 사람들이 많이 하는 이야기들, 아이를 키우는 게 너무 힘이 들어 차라리 일을 하는 게 훨씬 낫다는 말, 일과 육아를 병행하는 게 정말 힘들고 괴로워 아이에 대한 사랑이고 뭐고 다 버리고 싶을 때가 있다는 말, 자지러지게 우는 아이를 보고 있으면 나의 존재가 어떤 의미가 있는지 고민하게 된다는 말들이 사실인지 궁금했다. 해 본 적이 없어서일까? 나는 나 자신이 그 일을 감당할 수 있다고 느껴졌다. 나의 생각이 옳은지 아닌지는 아직 알 수 없다. 아이가 태어난 이후에도 한참이 지나야 정답을 알 수 있을 것이다.

다만 내가 익히 알지 못하는 문제들이 발생한다. 나의

노력만으로 해결할 수 없는 지점들이 있다. 경제적인 문제와 생활에 관련된 문제 또는 아내의 성향이 육아에 적합한지 적합하지 않은지에 대한 문제, 정말 나는 나의 생각대로 육아에 적합한 사람인지에 대한 문제들이 머릿속에 맴돌았다. 싸우지 않고 사이가 좋은 부부도 아이가 생기고 나면 다툼이 잦아진다는데 그 문제가 무엇인지, 그 문제를 어떻게 해결할 수 있을지 그러한 고민이 순간순간 떠올랐다가 정답을 찾지 못한 채 사라졌다. 임신과 육아에 관련된 게시물이나 글, 웹툰 등을 보고 있으면 남편을 비난하거나 욕하는 내용들이 많다. 그리고 관련 게시물에 꽤 많은 사람이 동조한다. 그런 이야기들이 반복해서 나오는 것도 이유가 있을 것이다. 실제로 임신과 육아에서 제 역할을 하지 못하는 남편들이 많으니 그러한 내용을 담은 게시물들이 반복해서 나오고 공감을 받는 게 아닐까. 나 또한 그런 사람이 되지 않을까 우려된다. 아이에 대한 아빠의 사랑은 서서히 올라온다는 이야기가 많다. 이 모든 상황이 나에게도 벌어질 수 있지만 그 생각들에 동조하고 싶은 마음은 없다. 많은 사람의 예상을 뒤엎고 문제들을 잘 해결하는 남편, 아빠로서의 분명한 역할을 하고 싶다. 예측 불가능한 임신과 출산, 육아에 있어나 스스로 사람들의 예상대로 되지 않는 남편, 그리고 아빠가 되고자 한다.

아이가 생겼다는 사실을 깨닫게 되자 오히려 아이가 태어난 이후에 생각되는 여러 문제들이 중요하지 않다고 느껴진다. 예상한 것보다 더 큰 힘듦과 어려움이 찾아오겠지만 다가올 행복이 힘듦과 어려움을 걷어내 줄 것이라고 믿는다. 나는 현실적인 문제들을 해결해 나가면 된다. 수입과 지출을 맞추고 집을 관리하고 살아갈 준비를 한다. 나는 성실하고 남들이 귀찮아하는 일을 귀찮지 않게 여기는 게 장점이니까 임신과 출산, 육아까지 나의 장점을 충분히 잘 살릴 수 있는 일들이 많을 것이다. 물론 직업적인 고민과 책임감은 이와 별개로 내가 해결해야 하는 문제들이다. 임신과 내 삶의 개인적인 문제들을 연결 짓지 않고 분리하는 게 중요하다. 문제를 연결 지어서 큰 덩어리로 만들지 않고 각기 다른 문제로 접근해 각각의 해결책을 만드는 것, 그리고 주변 사람들과 상담, 병원 등 많은 영역의 자원을 활용하고 도움을 받아 나의 현재와 우리의 삶을 잘 유지해 나갈 수 있는 방법을 찾아 실행해야 한다.

이제부터 우리의 삶은 아예 다른 방향으로 간다. 앞으

로 어떻게 될지 전혀 알 수 없고 예상할 수도 없다. 많은 사람이 자신이 겪은 것들을 말해주겠지만 그것이 우리에게도 해당할지는 알 수 없다. 힘든 일들을 많이 겪겠지만 그것조차도 삶의 다양성이 주는 재미가 될 수 있다. 내가 앞으로 겪을 예측 불가능성은 미래와 내 마음을 혼탁하게 하기보다는 지금까지 느껴보지 못한 감정들이 더해져 나를 더 다채롭고 풍요롭게 할 수 있을 것이다. 나는 나의 예측 불가능성을 신뢰해 보기로 했다.

축복

임신 초기의 아내는 쏟아지는 잠에 취해 산다. 감정 기
복이 점점 심해졌고, 참을 수 없는 졸음으로 어디든 머리
를 붙이면 잠을 잤고, 가슴의 답답함과 통증을 호소했다.
임신이 확인된 지 얼마 되지 않은 짧은 기간이었지만 그
사이 많은 변화가 있었다. 자궁에 피가 몰리기 때문에 어
지러움과 멍한 상태가 유지된다고 했다. 아내는 간헐적
으로 예민한 반응을 보였지만 항상 마음을 안정시키기
위해 애썼다. 행동도 더 조심스러워졌다. 알약 하나도 제
대로 먹지 못했던 아내는 임신한 뒤 하루에 네 개의 알약
을 성실하게 먹는다. 커피를 마시지 않고서는 생활하지
못해 매일 아침 반드시 커피를 마시던 아내는 커피 두어

잔은 마셔도 된다는 의사의 말에도 불구하고 가끔 디카페인 커피만 마신다. 잠이 쏟아지고 기운은 없지만 아내는 여전히 자기가 할 수 있는 집안일을 했고 평일 저녁에는 식사를 차리기도 했다. 또 대학원을 다니고 프리랜서로 일을 하면서도 집을 깨끗하게 유지했다.

아내는 본래 마음의 불안을 혼자 삭히고 정리하는 사람이다. 혼자 있는 시간 동안 또 얼마나 많은 생각을 했을지 말하지 않아도 알 수 있다. 임신 테스트기의 두 줄을 확인한 날 아내는 염려되는 마음에 장모님께 전화를 해서 걱정을 토로했다고 했다. 아내는 여전히 평소와 같은 모습으로 잘 지내기 위해 노력한다. 세상의 모든 어머니들이 인내와 고난을 겪으며 태어날 아이를 위해, 그리고 다가올 행복을 위해 노력하고 또 노력한다. 그것은 당연한 노력이 아니다.

나는 임신한 아내를 둔 배우자로서 무엇을 할 수 있을까 고민했다. 물리적인 노력도 당연히 필요하지만 정신적으로 우선되어야 하는 게 무엇일까를 깊이 생각했다. 처음 임신을 알게 되었을 때와 달리 임신 주차가 늘어나면서 현실에서 오는 여러 가지 불안과 걱정이 커졌다. 우선 아이가 어떻게 될지 모른다는 데 있었다. 임신 초기에 유산이 되는 경우가 많다는 이야기를 듣기도 했고 주변에서 많이 보기도 했다. 그래서 아내의 임신에 관한 글을 쓰는 게 옳은 일인지에 대한 고민도 많았다. 큰 기쁨이 큰 슬픔이 되면 어떡하지라는 생각에 두렵기도 했다. 마음의 손상을 줄이기 위해서는 기쁨의 자극과 기대를 줄이는 게 가장 간단하고 효과적인 방법이다. 하지만 막연한 두려움 때문에 지금 느낄 수 있는 기쁨을 줄이지 않기로 다짐했고 나의 시선으로 바라본 아내의 임신을 기록하기로 했다. 사람은 시간이 지나면 많은 걸 잊어버리고 인상만 깊이 박히기 때문에 아내의 임신 기간 동안 내가 어떤 생각들을 했는지 기록해 놓으면 시간이 흐른 후에도 아내가 임신했을 때의 감격과 감탄을 마음에 간직한 채 살아갈 수 있을 것이다.

그렇게 10일이 지나고 아내와 함께 다시 병원을 찾았다. 이날 아내는 오전부터 컨디션이 좋지 않았다. 걱정과 염려, 그리고 임신 초기의 호르몬들이 몸과 마음을 무겁게 하는 것 같았다. 더불어 나의 걱정도 커졌다. 내가 할 수 있는 것들은 너무나 제한적이었다. 내가 큰 도움이 되면 좋을 텐데, 나는 아픈 걸 잘 참으니까 차라리 내가 아이를 낳을 수 있다면 좋을 텐데. 아내와 나 모두 염려가

32

많았다. 물론 나보다는 아내의 걱정이 훨씬 더 컸다. 나는 내가 할 수 있는 것들이 없다는 무력감과 예상하지 못하는 것들에 대한 두려움을 떨쳐내기가 쉽지 않았다.

　병원에서 처음 만난 우리 아기는 아내의 자궁에서 집을 짓고 자리 잡고 있었다. 터를 잡은 집에 동그랗게 노른자로 자기를 감싸고 세포 분열을 하고 있었다. 아기집을 실제로 보고 나니 마음이 놓이면서 울컥했다. 무작정 아빠가 되고 싶었던 철없던 시간을 지나 두 번의 암 투병을 겪으며 나 스스로 운이 없는 사람이라 확신했다. 나에게 있을 일은 다 있을 만한 일이고, 운이 없는 사람이라 생각하는 것은 내가 선택하지 않은 채 찾아오는 고통에서 나를 방어하기 위한 방법 중 하나였다. 불안증과 공황이 나를 지배하면서 내 인생이 잘 풀리지 않는 게 당연하다는 확신을 아내의 자궁에 있는 아기가 지워버렸다. 이 아이는 오로지 엄마와 아빠를 찾아 우리에게로 왔다. 비록 작은 세포에 지나지 않지만 이 아이는 분명한 생명체로서 자라고 있었다. 사람들이 걱정과 염려를 하면서도 아이를 낳는 이유를 조금이나마 알 것 같았다. 아이란 힘든 현실 속에서도 가장 큰 행복을 주는 존재다. 그렇게 나는 아빠가 되는 한 걸음을 걸었다. 새로운 생명으로 인한 기쁨과 걱정이 혼재한 상태에서도 아내와 함께 하루를 기대하며 살아가는 것이 아빠가 되기 위해 필요한 마음이라고 느꼈다.

아내를 만나 사랑을 하고 결혼을 하고 아기가 생겼다. 그동안 나의 삶에는 기쁨이 찾아오지 않을 거라는 (확신 같았던) 하나의 생각이 깨지는 축복이었다. '나의 삶도 잘 풀려나갈 수 있구나', '행복이 찾아올 수 있구나', '나도 축복을 받은 사람이었구나', '나도 좋은 삶을 살고 있구나', '나의 삶에는 사랑이 가득하구나.' 아내와 함께 집으로 돌아가면서 처음 느낀 감정은 분명한 축복이었다.

엄마가 너무 힘들어하셨겠다

결혼을 하고 나서 알게 된 건 사람들이 결혼의 다음 과정으로 여겨지는 임신과 출산에 대한 이야기를 자연스레 한다는 것이었다. 곧 세 사람이 될 거라거나, 자녀가 생길 걸 예상해서 미리 준비해야 한다거나 하는 등의 말들을 사람들은 아무렇지도 않게 했다. 그 말들에 딱히 스트레스를 받거나 기분 나쁘게 여기지는 않았다. 다만 그 말을 하는 과정이 재미있었다. 보통 그런 이야기를 하는 사람들은 결혼을 해서 자녀를 키우고 있는 부모들이었다. 그들은 아이를 키우는 게 인생의 당연한 과정이라거나 다음 숙제이기 때문에 임신과 출산에 대한 이야기들을 하는 게 아니라, 자기들이 느끼고 있는 행복과 기쁨을 이제

막 결혼한 부부에게 알려 주고 싶은 것처럼 보였다. 자녀가 없는 사람들이나 결혼하지 않은 사람들은 아무도 그런 말을 하지 않았다.

나는 노인복지센터의 사회복지사로 오랫동안 근무를 하면서 어르신들은 항상 자식들을 자랑하지만, 자식들은 부모를 신경 쓰지 않는 경우가 꽤 많다는 것에 놀랐다. 일을 할 때 자식들의 과도한 관심으로 인한 어려움보다 무관심으로 인한 어려움이 훨씬 더 많았다. 그럼에도 어르신들은 자식들을 사랑했고, 자녀들의 관심이 적어도 괜찮아했다. 내가 암에 걸려 투병할 때도 사람들에게 가장 많이 들은 말은 "엄마가 너무 힘들어하셨겠다."였다. 한때 나는 그 말이 환자로서 겪는 나의 직접적인 고통을 표현하고 싶은 대로 표현하지 못하게 한다고 느꼈다. 하지만 돌이켜 보니 그 말은 부모가 된 사람들만이 알 수 있는 '사랑의 형태'를 가장 잘 알려주는 것이었다. 사랑의 궁극적인 형태가 존재한다면 부모가 자식에게 줄 수 있는 사랑이 아닐까? 결혼을 하고 아이를 낳고 키울 것을 바라고 기대한다는 말에는 이렇듯 '내가 느낀 사랑의 최종적인 형태를 함께 공유하고 싶은 마음'이 기반한다는 생각이 든다.

자식에게 사랑을 주는 기쁨을 알고 있는 건 우리 부모님도 마찬가지였을 것이다. 나는 결혼을 하고 아이를 낳고 싶은 바람이 있었고, 부모님도 그런 나의 바람을 알고 있었지만 내가 투병으로 인한 부작용으로 아이를 갖기 어려웠기 때문에 결혼과 아이에 대한 말을 꺼낸 적이 없었다. 그래서 나는 두 분이 가끔 속앓이를 하셨겠다 정도만 생각했을 뿐이었다. 나는 아기집이 자리 잡은 걸 확인하고 엄마에게 전화를 걸었다. 아내의 임신을 확인하기 위해 처음 병원에 다녀오고 나서 아기집을 확인할 때까지는 부모님에게 일부러 연락하지 않았다. 엄마에게 전화해서 스피커폰으로 아빠와 같이 통화를 하시라고 말했다. 그리고 가족 단체 대화방에 아기집이 자리 잡은 초음파 사진을 보내고 아내의 임신 사실을 전했다.

아빠는 내 예상보다 훨씬 더 좋아했다. 내 모든 기억을 뒤져봐도 그때보다 좋아하던 아빠의 모습은 보지 못했다. 말은 하지 않았지만, 많이 걱정했다며 정말 축하한다는 말을 전하며 웃었다. 그동안 나의 결혼과 아이를 마음에 담아두고 있었던 것이다. 부모에게는 자식의 결혼과 손주가 삶의 숙제와 같다더니 우리 아빠도 마찬가지였다. 그래서 그만큼 오래 참았던 기쁨을 표현한 것인지도 모르겠다. 엄마는 초음파 사진을 보며 내가 다시 어딘가 아픈 줄 알고 너무 놀랐다고 말했다. 엄마는 그런 존재인가 보다. 엄마는 자식이 자식을 갖는 것도 큰 기쁨이지만, 그보다 사랑하는 나의 자식이 다시 아프지 않고 건강하게 지내기를 바란다. 그리고 나의 자식이 큰 아픔을 겪었다는 기억을 잊지 못하며 산다. 우리 엄마에게도 손주의 탄생은 당연히 기쁜 일이다. 하지만 열 달 동안 품어가며 낳은 '나의 아이'에 대한 염려를 더 많이 할 수밖에 없는 것이 엄마라는 존재다. 내가 아팠을 때 자녀를 키운 엄마들이 나에게 했던 말은 모두 사실이었다. "엄마가 너무 힘들어하셨겠다."라는 말. 나의 투병은 나에게는 이미 끝났고 좋은 일들이 나의 힘들었던 기억들을 충분히 덮었지만, 엄마에게는 덮어지지 않는 기억으로 존재한다. 그 마음은 자식을 향한 사랑의 최종적인 형태이지 않을까? 아팠던 기억은 환자 본인에게는 극복할 수 있는 일종의 승화 작용이 되어 삶에 더 나은 계기를 줄 수도 있고, 아픈 시간을 통해 새로운 자신을 만들어 낼 수도 있다. 하지만 자식이 아픈 부모는 그렇지 않다. 시간이 지나도 그 기억은 뚜렷하게 마음에 남아 있고, 그 경험들은 다시 겪고 싶지 않은 시간이 된다. 오랫동안 아팠던 자식은 부모에게 사랑임과 동시에 그 아픈 기억으로 시간을 되돌리는 트리거(trigger)로 작용한다. 하지만 대부분의 부모는 고통스러운 기억이 다시 찾아와 트라우마로 남아도, 아픈 기억의 근원인 자식을 미워하거나 거부하지 않는다. 이러한 마음 자체가 온 마음을 다해 가족과 자식을 사랑한다는 뚜렷한 증거다. 시간이 흘러 아이가 태어나고 자라면 나도 부모의 사랑을 깨닫게 되는 날이 올까? 아직 나는 그것까진 알지 못한다.

아빠는 아이를
품 안에 넣지 못한다

첫 직장에서 데이케어센터를 이용하던 어르신의 보호자로 인연을 맺은 은환 씨가 임신을 축하한다며 아기 양말을 선물로 보냈다. 자기는 임신했을 때 집에 놓인 아기 양말을 보면서 태어날 아기 생각을 많이 했다며 양말이 좋은 기억을 많이 가지고 오기를 바란다고 했다. 거실에 있는 우리 사진 옆에 양말을 놓았다. "아이가 사용할 물건을 놓으니 무언가 실감이 나는 기분"이라고 아내에게 말했다. 아내가 내 말을 듣고 자기는 입덧과 함께 나타나는 임신 증상들로 항상 아기의 존재를 실감하고 있다고 대답했다.

모성애와 부성애는 어떻게 다를지 궁금했다. 엄마와

아빠 모두 자식을 사랑하지만, 자식에게 표현하는 사랑의 언어와 행위는 각기 다르다. 사실 성별의 차이보다는 개인의 가치관과 성격으로 인한 차이가 각자의 모성애와 부성애를 만들어 낸다고 생각했다. 하지만 내가 모르는 대목이 있었다. 모성애와 부성애의 차이를 만들어 내는 가장 큰 원인은 다름 아닌 경험이 아닐까? 엄마는 40주의 시간 동안 아이와 함께 생활하고 아기가 배 속에서 만드는 감각들을 실시간으로 느낀다. 신체와 호르몬의 변화로 나타나는 통제되지 않는 상황은 많은 불안감과 우울감을 만들어 낸다. 이 모든 과정을 아이와 함께하는 엄마는 말 그대로 '품에 넣은 자식'의 의미를 임신을 하면서부터 안다. 나의 기쁨, 나의 슬픔, 나의 우울, 나의 소망, 나의 현실, 나의 행복, 나를 이루는 나의 모습이 모두 나의 아기에게서 온다는 걸 엄마는 안다.

반면 아빠는 아이를 품 안에 넣지 못한다. 아빠는 변해가는 아내의 모습, 입덧과 무거워지는 몸, 호르몬의 변화로 인한 감정 기복을 어떻게 해결할 수 있을까를 고민한다. 즉 아빠의 경험이란 임신한 아내를 경험하는 것이지, 임신 자체를 경험하거나 아이가 배 속에서 자라나는 걸 경험하는 건 아니다. 그래서 아빠는 육아 용품이나 초음파 사진을 보아야 임신을 실감하고 아이가 태어난다는 사실을 인식한다.

아내가 입덧을 시작한 지 얼마 되지 않았을 무렵, 나를 미워하는 아내를 보는 게 힘들었다. 아내는 내가 입덧을 하는 자신을 이해하지 못한다고 느꼈다. 어느 날 아내는 자신의 힘듦을 모르는 나에게 답답함을 느껴 화를 냈고, 나는 나대로 잘해 보려고 애썼는데 아내가 몰라주니 속상해 서운함을 표현했다. 지금 생각해 보면 나는 임신한 아내의 마음과 힘듦을 잘 몰랐다. 내가 잘못한 일이다. 그날 이후로 아내는 나에게 화를 내지 않는다. 우리는 서로 잘 지낼 수 있는 방법을 항상 고민한다. 임신한 와중에도 그런 마음을 가지고 있는 아내에게 고맙고 미안하다. 나는 바깥에서의 일을 집안으로 가지고 오지 않도록 노력하고 주말에는 하루에 한 번씩 산책을 하거나 바깥 활동을 한다. 마음의 환기와 함께 집안일과 관계없는 일정량의 신체 활동이 필요하다. 그런 독립적인 활동이 아내를 더욱 잘 돌볼 수 있게 한다. 글을 쓰거나 책을 읽는 것도 내가 하는 환기의 방법 중 하나다. 아빠를 준비하는 시간 동안 나의 경험들은 아기와 관계가 있지만 직접적인 관계는 아니다. 내가 신경을 쓰는 대상은 '임신한 아내'이지

'아내 배 속의 아기'가 아니다. 아이를 낳은 주변의 여러 사람에게 물어본다. "어떻게 해야 아내한테 도움이 될까요?" 대답은 다들 비슷하다. "신경에 거슬리지 않게 하면 돼요. 할 수 있는 게 없어요." 아이가 태어날 때까지 나와 아기의 관계는 이처럼 임신한 아내를 도와주는 체험에서 형성될 것이다. 따라서 아빠가 되기 위해서는 아이와 어떻게 관계를 형성할 수 있을지를 고민해야 한다. 아이는 태어난 후에도 엄마와의 관계가 가장 각별할 것이다. 특별하고 관계가 깊은 엄마와 아이 사이에서 아빠는 어떻게 해야 좋은 아빠가 될 수 있을까? 나는 어떻게 해야 '아이를 품는 것 같은 삶'을 살아갈 수 있을까를 고민한다.

나의 부성애는 아내의 모성애와는 다를 게 분명하다. 엄마는 배 속에 있는 아이를 독립적으로 볼 수도 있고 자신과 하나로도 볼 수 있다. 하지만 아빠에게 아내의 배 속에 있는 아이는 임신한 아내와 동일시된 채로 존재한다. 에리히 프롬은 《사랑의 기술》에서 모성애를 무조건적인 사랑으로, 부성애는 조건에서 형성된 사랑이라고 말했다. 이 주장에 완벽히 동의하는 건 아니지만, 내가 아닌 생명체와 하나가 되었다 분리되는 체험을 하는 엄마의 마음을 아빠가 따라갈 수 있을지 확신이 없는 것 또한 사실이다. 다만 모성애와 부성애가 균형 있게 자리 잡아야 아이가 올바르게 성장할 수 있다. 무조건적 사랑만 있어야 하는 건 아니다. 조건의 형성을 통해 사회화되는 형태의 사랑 또한 필요하다. 이 역할 분담이 고정된 형태로 만들어진 것은 아닐 테니 아내와 나는 무조건적인 사랑과 조건적인 사랑을 적절하게 줄 수 있도록 배워나가야 한다. 아이가 엄마 배 속에 있을 때 겪어보지 못한 경험은 아이가 태어나고 나서 겪으면 될 테니 말이다.

내가 만들어 내고자 하는 사랑

우리는 2023년 3월 4일에 결혼을 했다. 결혼을 하기 전 두어 달 동안은 다양한 곳에 돈을 정말 많이 썼다. 결혼 준비에 드는 돈뿐 아니라 신혼집을 리모델링하는 데에도 많은 돈이 들어갔다. 2022년에 나는 지금 살고 있는 마포구의 작은 빌라를 매매했다. 그때만 해도 내가 누군가와 결혼을 하고 또 아이가 생길 거라는 예상은 전혀 하지 못했다. 그 당시에 나는 결혼에 유리하지 못한 조건을 갖춘 사람이라 생각했기 때문에 그저 내가 좋아하는 동네에서 오랫동안 혼자서도 잘 살아갈 수 있는 나의 집을 갖고 싶었다. 집이라는 공간 자체가 소중한 사람이다 보니 다른 사람의 집에 월세나 전세로 들어가 불필요한 신경을 쓰며 살고 싶지 않았다. 그래서 당시 내가 가지고 있는 돈과 대출금을 더해 망원동에 집을 마련했다. 같은 돈으로 경기도권이나 서울 외곽 쪽에 있는 집을 매매했다면 훨씬 더 넓은 곳에서 살 수 있었을 테지만, 내가 좋아하는 공간들과 환경 속에서 사는 게 더 넓게 살아가는 것이라 생각했다. 그렇게 리모델링을 한 마포구의 빌라에서 아내와 함께 살게 되었고, 결혼 후 반년 정도는 수입과 지출을 계산해 부부가 함께 살아갈 수 있을 경제적 요건 등을 점검해야 했다.

하지만 결과적으로 두 사람이 살아가는 데 필요한 생활비를 제대로 확인하지 못한 채 아이가 생겼고, 나는 가정을 어떻게 꾸려가야 할지를 고민하게 되었다. 집안일이야 나의 노력에 따라 얼마든지 할 수 있다. 하지만 월급을 늘리는 것은 두 가지 일을 하거나, 직종을 바꾸거나, 직급을 높여 이직하는 것 외에는 방법이 없었다. 그 외에는 단순히 살 걸 사지 않고 먹을 걸 먹지 않으며 지출을 줄이는 수밖에 없다. 책을 읽거나 글을 쓰기 위해 자주 가던 카페는 거의 가지 않게 되었고, 10년이 넘는 세월 동안 VIP를 유지했던 영화관도 올해가 마지막이 될 공산이 크다. 책은 지금 있는 책들도 많아 처분해야 하고 읽을 책들은 전자도서관을 이용하거나 책을 재독하는 방식으로 구매를 줄이고 있다. 옷은 친형의 회사에서만 사고 신발은 세일하는 제품만 구매한다. 혼자 사용하는 식비는 거의 없고 모임이 있을 때만 저렴한 금액의 외식을 한다. 냉장고에 있는 무언가를 사용해 식사를 차리고 끼니를 먹는다. 하지만 아이가 태어난 후에도 지금처럼 지낼 수 있을지 솔직히 잘 모르겠다. (이 글에 적지 않은 것들과 아내에게도 말하지 않은 몇 가지의 고민과 방법들이 항상 내 머릿속에는 존재한다.)

돈을 많이 버는 일을 택하지 않은 내가 할 수 있는 건 이 정도다. 우리가 아닌 나의 지출을 줄여 나가는 것. 이 방법은 나의 욕구와 욕망을 통제해야 한다는 과제가 주어진다. 나는 내가 사랑하는 존재들이 억지로 인내하거나 참는 삶을 살기를 바라지 않는다. 나의 욕구를 통제하고 내가 가진 것을 내어주더라도 내가 사랑하는 존재는 참지 않는 삶을 살기를 원한다. 그렇게 아내와 태어날 나의 아이가 좀 더 그럴듯하게 잘 살기를 바란다. 이를 위해 나는 욕구와 욕망을 통제하며 사는 삶을 선택했다. 무언가를 줄이고 참아야 한다면 그건 나의 몫에 한정되었으면 한다. 크리스티안 문주 감독의 루마니아 영화 <엘리

자의 내일>(2017)에서 로메오는 딸인 엘리자를 위해 자신이 혐오하던 부패의 세계로 진입한다. 로메오는 자신의 행위가 가족과 자식을 위한 것이라며 스스로를 정당화한다. 로메오에게 가족과 자식을 위한 사랑은 그 무엇보다 우선시 된다. 가족의 행복과 안정을 위해 자신의 도덕률을 배신하는 것은 가족을 향한 엄연한 사랑의 증거이니 자신의 가치관을 배신한다고 보지 않는 걸까?

자기 자신을 잃지 않으며 삶을 안정적으로 잘 꾸려나가는 걸 동시에 충족하기란 쉽지 않다. 최근 들어 우리 사회는 본인의 성향과 별개로 경제적인 안정을 위해 결혼을 하지 않거나 아이를 낳지 않는 선택을 하는 사람들이 늘어나고 있다. 이는 경제적인 안정이 행복을 결정하는 우선적인 조건이라 여기는 사람이 많아졌음을 증명하는 것이라 생각한다. 그리고 이 경제적 행복이란 참거나 인내하지 않고 욕망을 실현할 수 있는 환경을 만들어 가는 것과 일맥상통한다. 하지만 목적을 달성하기 위해 과정을 참고 견디거나 타자를 위해 자신의 욕망을 절제해 좀 더 큰 당위를 지닌 가치를 찾기 위해서 때로는 나를 관철하고, 때로는 나의 부족함을 받아들여 변화해야 한다.

현실을 살아가는 방법은 여러 가지가 있다. 절대적인

경제력이 부족하다면 이를 해결할 수 있는 방법이 당연히 있어야 하겠지만, 경제적인 면 이외에도 다양한 방법으로 현실을 구성할 수 있다. 내가 만든 나의 모습과 가치관, 삶의 모습이 있는 것처럼 가족 안에서 만들어지는 가치관과 삶의 모습이 존재한다. 나와 아내는 많은 대화를 통해 삶의 지향점을 제시하면서 가정의 가치관과 삶의 모습을 만들어가고 있다. 그리고 나의 인내와 노력이 있는 만큼 아내도 자신의 영역에서 인내와 노력을 한다. 앞으로 태어날 아이도 자신의 영역에서 행복을 찾아 나서며 인내할 수 있는 영역이 주어질 것이다. 이와 같은 가족의 정서적 유대와 신뢰가 있다면 우리 가족만의 현실, 즉 삶을 구성할 수 있을 것이다. 나는 억지로 참거나 힘들게 살지 않는다. 그만큼의 행복과 만족을 찾기 위해 나의 욕망과 욕구를 인내하는 것이다. 이것이 긴 시간 동안 내가, 그리고 우리 가족이 만들어 내고자 하는 사랑이다.

안나

　우리 아이의 태명은 '안나'다. 태명이 이토록 사람 같은데는 이유가 있다. 임신 사실을 알지 못했던 5월 초순경 아내가 꿈을 꾸었는데 꿈에 우리의 아이가 나왔다고 했다. 꿈속에서 아이의 세례명이 '안나'였고, 너무 재미있는 아이였는데 꿈에서 깨 보니 그 아이와 너무 닮은 내가 누워 있었다고 했다. 아침에 일어나 꿈에 대한 이야기를 나누며 웃었는데, 그 후 얼마 지나지 않아 아내가 임신을 했고 우리 아이의 태명은 그대로 '안나'가 되었다. 가끔 태몽이 무엇인지 물어보는 사람들에게는 '안나' 이야기를 해준다. 그러면 사람들 대부분은 그게 무슨 태몽이냐고 다른 꿈은 없냐고들 묻지만 우리에게는 안나 꿈이 태몽이다.

착상을 하면서부터 아이는 자신이 태내에 있다는 여러 신호를 준다. 임신 초기부터 시작되는 심한 입덧도 아이가 존재를 알리는 방식이다. 신체 호르몬의 변화로 기초체온이 높아지고, 피로감이 생기고, 빈뇨가 생기고, 저혈당성 현기증이 나타난다. 임신과 함께 신체가 변화하는 이유는 태내의 아이를 보호하기 위해서다. 태아는 엄마를 통해서 생명을 유지할 수 있기 때문에 엄마에게 자신을 보호해 달라는 여러 신호를 보내고, 엄마의 몸도 태아를 잘 키워내기 위해 점차 변화하는 것이다. 세포의 형태가 사람이 되어 세상에 태어난다는 건 신비스러운 일이다.

우리는 임신 5주 차에 병원에 처음 방문해서 지금까지 네 번의 초음파 검사를 했다. 처음 초음파 검사를 받은 날에는 보이는 게 없어 얼떨떨한 기분이었고, 두 번째 초음파 검사에서는 세포를 감싸고 있는 난황을 확인할 수 있었다. 세포가 자리를 잡고 자라기 위한 환경을 스스로 정비한다는 사실이 신기했다. 어느 시기부터 인간으로 볼수 있는가에 대한 과학적인 지식은 나에게 없지만 5주가 지난 태아도 스스로의 노력으로 아기집을 만들어 세상에 나오기 위한 준비를 분명하게 하고 있으니 생명이 있는 존재라고 볼 수 있지 않을까 한다. 6주가 된 태아에게서는 심장 소리를 들을 수 있다. 조그만 세포가 모양을 만들어 심장 소리를 내며 부모에게 분명히 자신을 알린다. 쿵쿵 울리는 심장 소리는 비로소 정말 아이가 있다는 사실을 깨닫게 한다. 아빠로서 아이와 첫 번째 대화를 나눈 시간이었다. 아이가 아내의 몸 안에 있다는 사실에 복잡한 기분이 들었다. 엄청 좋기도 하고 엄청 혼란스럽기도 했다. 그동안 살아온 시간이 머리를 스쳐 지나갔다. 힘들고 외로웠던 시간이 마치 아이의 심장 소리를 듣기 위해 있었던 것만 같았다.

　결혼 3일 전 '글과 예술은 고통에서 기인한다'는 글을 쓴 적이 있다. 그 당시 썼던 글은 우울과 불안으로부터 졸업해 현실 세계로 나아간다는 내용이었다. 그리고 지금은 생각하지도 못한 생명의 신비를 체험하고 있다. 결혼으로 인해 겪게 된 현실 세계와 생명의 탄생이라는 인간의 아름다운 예술을 동시에 체험하고 있다. 이는 분명히 커다란 축복이다. 그렇게 나는 현실의 삶 속에 생명의 아름다움을 담고자 한다. 이제서야 나는 다른 사람과 함께 지낼 수 있게 되지 않았을까.

〈글과 예술은 고통에서 기인한다〉

꽤 오래전이지만 내 불안증의 발현은 '나는 언제까지나 이토록 괴롭게 살겠구나?' 하는 생각에서부터였다. 아직 나는 병리적인 정신 건강을 회복하지 못했지만 이제는 그것들과 함께 지내는 방법을 안다. 우울증, 불안증은 감기와 같다고 말하지 않았으면 한다. 감기는 간헐적으로 발병하고, 일주일 정도면 증상이 가라앉지만 병리적인 정신 건강의 문제들은 지속 가능성과 재발 우려가 높다. 그래서 그것들과 함께 잘 지내는 방법을 깨닫는 게 중요하다. 수면 위로 문제가 끌어 올려지지 않도록 하는 방법을 익혀야 잘 살아갈 수 있다.

그동안 내가 한 일은 연애와 결혼 준비, 일, 정규 독서모임 하나와 비정규 독서모임 하나, 가끔 책 읽기 정도였다. 내 삶에 가장 큰 부분을 차지하던 글쓰기에 손을 놓는다고 12월 즈음 돌려서 말을 한 이후로 정말 손을 놓았다. 앞으로도 돌아올지는 모르겠다. 글도, 예술도 주로 고통에서 기인한다. 그리고 그 고통은 자기를 괴롭히는 마음에서 주로 생성된다. 그래서 그 피로움과 고통을 다루어가거나, 이겨내거나, 극복하지 못하거나, 서글퍼하거나, 누군가와 연대하거나, 함께 나아가거나, 피로움과 고통을 열거해 나가거나 하는 게 결국 '글을 써 나가는 것'이라고 생각한다. 결국 글이란 자신의 사고에 깊이 빠져 나 자신만을 살펴볼 때 써나갈 수 있는 게 아닐까? 나는 길고 긴 시간을 타자를 흡수해 나 자신의 사유를 직조해 나가지 않았을까.

예민하고 아름다웠던 친구들이 더 이상 예민하지 않고 아름다운 일을 하지 않는 경우를 가끔 보았다. 신기했다. 저 사람은 어떻게 저렇게 변했을까. 이유가 무엇일까. 아름답지 않은 삶의 추구는 어떻게 가능할까? 아름답지 않은 삶에서 어떤 만족감을 찾을 수 있을까. 지적 사유와 미학적 사유가 없는 삶의 공허함을 채울 수 있는 게 무엇일까? 이제는 알 수 있을 것 같다. '아름다움'이란 표현하지 않아도 내 안에서 다른 형태의 '아름다움'이 존재할 수 있다는 걸 말이다. 나는 예전보다 예민하지 않고 결과물도 없고 흡수되는 지적 사유들도 적지만, 나의 삶이 꽤 만족스럽다. 그렇게 나는 괴롭지 않은 삶을 살 수 있게 되었다.

내가 바라는 '아름다움'이 어디로 번져갈지는 알 수 없지만 전과 다를 것은 확실하다. 나는 마흔이 다 되어서야 다른 사람과 함께 지낼 수 있게 된 것 같다.

2023. 03. 01.

행복은 고정되어 있지 않다

나는 2019년 <거리의 만찬>이라는 KBS 프로그램에 안락사를 찬성하는 패널로 출연했다. 출연할 사람을 찾는데 어려움이 있었던 건지 내 블로그를 본 방송국 PD가 연락을 했고 나는 단지 재미있을 것 같다는 마음에 출연하기로 했다. 방송국 PD와 작가를 만나던 날, 그들은 블로그에서 읽은 나의 글을 통해 내가 책이나 글, 영화 및 문화 예술을 좋아한다는 것을 알고 있었다. 메인 PD도 자신 역시 문화 예술을 좋아하는 사람이었는데 지금은 결혼을 하고 아이를 키우느라 그런 자신의 모습을 많이 잃어버렸다고 현재 상황에 대한 아쉬움을 표현했다.

<거리의 만찬> 녹화를 하며 나는 사람이 존중받는 형

태로 죽음을 선택할 수 있어야 한다고 말을 했는데 지금의 나는 그 생각이 옳은 것인지 잘 모르겠다. 만약 내가 다시 아프고, 치료의 가능성이 없는 상태라면 내 기억에 가족들을 좋게 남기고, 가족들에게도 나를 가능한 좋은 기억으로 남기고 싶다. 그러나 치료 가능성이 단 1%라도 있다면 치료를 거부하는 일은 없을 것 같다. 이창재 감독의 다큐멘터리 영화 <목숨>(2014)에는 호스피스에서 생의 마지막을 보내는 환자들이 나온다. 영화 속에서 치료를 중단한 환자가 마지막에 다시 한번 치료를 받아 하루라도 더 가족과 시간을 보내겠다며 호스피스를 나와 병실로 가는 장면을 봤다. 오랫동안 나는 그 장면을 이해할 수 없었다. 그 괴롭고 힘든 치료를 하는 건 나와 나를 지키는 가족들에게도 괴로운 일이 될 거라고 생각했다. 환자로서 사람들에게 보여주고 싶은 나의 모습, 가족을 비롯한 주변 사람들에게 마지막 기억으로 좋은 모습을 남기는 것이 인간으로서 존중받을 수 있는 삶이라 보았기 때문이다. 나는 항암치료를 마쳤을 때만 해도 두 번 다시 항암치료를 하지 않을 거라 다짐했다. 하지만 아내가 있고, 아내의 배 속에 아이가 있는 현재를 바라보면 나는 생에 끈질기게 집착해야만 한다. 나는 남편이고 아빠니까 그래야만 한다. 이제는 영화 속 환자를 이해할 수 있다. 나를 선택해 준 사람과 나의 아이가 될 생명에게 나는 생의 마지막까지 집착해 나의 책임을 다해야 한다.

사람들은 결혼과 임신, 육아로 인해 발생되는 상실들로 인해 겁을 집어먹고 결혼에 발을 들이지 못하기도 한다. 그래서 내 생명과 같은, 어쩌면 내 생명보다 소중한 누군가를 위해 삶에 애착을 갖는 경험은 쉬이 겪을 수 없다. 가족의 존재로 인해 나의 생명과 삶에 집착하고 열의를 다해 살아간다는 게 단순히 나를 희생해 가족을 위하는 것이라고 생각하지 않는다. 어쩌면 그 마음은 나 자신을 더 사랑하고 귀히 여기는 마음일지도 모른다. 이는 가족이 있어 깨닫게 되는 삶의 또 다른 신비다.

진정한 자기 자신의 행복을 정의할 수 있는 사람은 많지 않다. 개인이 추구하는 행복이 특정한 가치로 고정되어 있을 거라 생각하기 쉽지만 행복도 유동적이고 삶도 유동적이기 때문에 자기 자신의 행복이 어디에 있는지 알지 못한다. 실제의 행복과 삶은 때로는 내가 전혀 아니라고 생각했던 가치와 중첩되어 있을 수도 있다. 무조건 나의 가치를 지켜나가는 것이 진정으로 행복을 유지하는 것인지는 확신할 수 없다. 그렇기에 삶이 지금과 많이 달라지더라도 그 안에서 내가 가장 행복할 수도 있고, 내가 그려온 삶이 나를 괴롭히는 가장 큰 원인이 될 수도 있다. 다시 말해, 스스로 또는 사회가 정한 나의 모습이나 행복이 절대적인 가치일 수는 없다.

행복의 추구는 곧 삶을 대하는 태도다. 결혼을 하고 아내와 삶을 이루어가는 나는 이전에 내가 알지 못한 큰 행복과 함께 한다. 다시 암이 재발하고 치료에 차도가 없어 나의 삶이 죽음을 향해 간다 하더라도 내가 불행한 건 아니다. 호스피스를 떠나 고통스러운 치료를 받더라도, 가족과 함께하는 하루하루의 순간들이 행복이 될 수도 있다. 행복의 총량은 항상 나와 함께 있고, 내가 그 행복을 얼마나 인식하느냐에 따라 행복의 정의가 달라진다. 혼자 살았던 나, 아내와 결혼한 나, 그리고 아내가 임신했을 때 나의 행복은 모양과 형태, 방향이 다르지만 각기 다른 행복을 관측할 수 있다.

아내와 미래에 대한 이야기를 하고 배 속에 있는 안나에 대해 이야기한다. 아내와 내가 가지는 불안감과 책임감도 아이를 만나는 과정의 행복과 이어져 있다. 심각하고 중요한 주제들을 이야기하는 것보다 별거 아닌 이야기를 하며 웃고 떠든다. 나의 현재를 구성하는 진정한 행복은 아내, 그리고 배 속의 안나와 함께하는 사소하고도 소소한 대화와 웃음이다. 아이가 태어나면 또 다른 행복이 찾아올 거라고 믿는다. 나는 그걸 꽤 기대하고 있다. <거리의 만찬> 메인 PD의 메신저 프로필은 아이와 아내의 사진으로 가득했으니까.

부모는 현실의 생을 산다

　나는 나를 힘들게 하는 괴로움이 여러 종류일 때는 그에 대한 생각을 깊게 하지 않는다. 하지만 발생된 문제가 하나로 특정되고 나면 해당 문제에 대한 생각에서 벗어나지 못한다. 본래 나는 삶의 다양한 지점에서 불필요하게 불편함을 느끼는 사람이라 살면서 문제시된다고 느낀 것들이 많았다. 사실 내가 문제로 규정한 것들이 실제로도 문제인지 아닌지는 그다지 중요하지 않았다. 나와 관계없는 세상의 문제들에 내가 연관되어 있다고 규정했을 뿐이다. 그건 책을 읽을 때도, 영화를 볼 때도, 글을 쓸 때도, 누군가와 이야기를 할 때도 그랬다. 나는 구체성이 떨어지는 고민을 많이 하는 사람이었다. 그래서 나의 불안증의 치료는 쉽지 않았다. 구체적이지 않은 문제를 해결하기 위한 방법들을 찾기가 쉽지 않았기 때문이다.

나는 MBTI 검사를 하면 항상 추상적이며 미래 지향적인 N(직관형)이 나온다. 나의 사고와 상상은 현실 세계에 존재하지만 눈앞의 현실이나 나에게 직접적으로 와닿는 현실보다 좀 더 먼 거리에 있는 현실이라 할 수 있다. 문제의 인식과 해결 과정 등에 있어서 구체적이기보다는 삶의 지향점에 따른 의미를 추구하는 편이다. 지난 엄마 생신 모임 때 부모님의 MBTI 검사를 했다. 엄마와 아빠 모두 현실과 가까운 S(감각형)였다. 부모님의 타고난 성격이 원래부터 S(감각형)였는지는 나는 모른다. 하지만 결혼을 해서 아이를 키우며 살아가는 데 있어서 구체성과 현실성은 필수적이라는 건 알고 있다. 젊은 시절의 엄마와 아빠는 좀 더 상상력이 풍부하고 자신들의 삶의 의미를 찾아 나섰을지 모른다. 하지만 눈앞에 있는 아내와 남편, 그리고 아이를 보며 자신의 이상과 상상보다 당장 눈앞에 더 중요한 게 있다는 걸 깨닫지 않았을까? 나는 많은 부모님들이 직관형(N)에서 감각형(S)으로 변화하는 삶을 살았을 거라고 감히 추측해 본다.

책임감과 여유는 함께 있기 어려운 단어다. 책임을 져

야 할 상황에 있다면 그 사람은 그 상황에서 한발 물러나 여유롭게 관조할 수 없다. 일반적으로 책임은 타자와 함께 하는 삶, 즉 결혼과 육아에서 가장 크게 다가오기 마련이다. 결혼의 필수조건은 내가 아닌 누군가의 주관과 이해를 그대로 인정하고 존중할 수 있는 태도, 그리고 관계에 대한 책임 있는 태도. 인생의 책임감은 타자가 엮여야만 제대로 발휘되는 게 아닐까?

아내가 임신하고 난 후 고민의 가짓수는 좀 더 구체화되고 현실적이 되었다. 나를 힘들게 하던 이전의 사유들은 가치를 잃었고, 지금 나의 고민은 출산과 육아, 앞으로 세 명이 살아가야 하는 생활들과 돈을 벌어야 하는 '일'이다. 출산과 육아에 대한 고민은 문제라고 볼 수 없다. 오히려 문제 해결을 위한 고찰에 더 가깝다. 아내, 그리고 아이와 좋은 생활을 하기 위한 방법을 찾아가는 과정이기 때문에 나에게 영향을 주거나 불안케 하지 않는다. 하지만 문제는 '돈을 벌어야 하는 일'에 대해 고민이 집중되는 것이다. 일에 대한 고민은 점점 고통의 영향권에 들어왔다. 결혼을 하고 아내가 임신을 하기 전이었다면 어땠을까? 나는 일을 그만두었을지도 모른다. 그렇게 고민의 가짓수를 줄이고 나의 사유를 좀 더 평화롭고 안정적으로 만들어 앞으로의 삶을 대비해 나아갔을 것이다. 물론 지금 내가 일을 그만둘 가능성이 없는 건 아니다. 만약 지금 하는 일이 결과적으로 나를 잡아먹는다면 장기적인 대비의 측면에서 일을 그만둘 수도 있다. 나의 상황은 좋지 못할 때가 많고, 언제라도 더 나빠질 수 있다.

그럼에도 불구하고 현실 세계에서의 삶을 살아가야 한다. 나는 좀 더 구체화된 직접적인 문제를 해결하고, 나와 연결된 사람들의 삶을 책임지고자 한다. 당장 내가 돈을 버는 일을 그만둔다면 우리 가족의 삶에 여유가 없어진다. 그리고 사라진 여유는 우리 부부와 아이의 삶을 다양한 측면에서 괴롭게 할 것이다. 그렇게 된다면 결국 그 '여유 없음'은 나를 괴롭혀 나의 평소 모습을 잃어버리게 하고, 상황은 더욱 악화될 것이다. 현실을 살아가다 보면 구체적인 생각과 고민이 더욱 많아진다. 세상을 살아가는 건 꽤나 팍팍한 일이어서 나의 가치를 지켜가면서 많은 돈을 벌고, 스트레스도 없는 삶을 살아갈 수는 없다. 다만 나는 앞으로 점점 더 늘어갈 구체적인 현실의 고민과 괴로움만큼 구체적인 삶의 기쁨도 늘어갈 거라는 막연한 기대를 가진다. 현실의 구체적인 문제들도 어떤 식으로든 해결할 수 있는 방안이 있을 것이다. 이는 구체적이지 않은 나의 바람이자 희망이다. 부모가 된 우리 부부는 전보다 더욱 현실에 가깝게 살아갈 것이다. 그리고 우리가 짊어진 현실을 통해 안나가 조금 더 늦게 현실을 바라보게 되기를 희망한다.

나는 아직도 선의가 세상을
이롭게 할 거라 믿는다

사람들은 생각보다 지하철 임산부석을 양보해 주지 않는다. 아내 말에 의하면 임산부들은 임산부석이 아닌 다른 좌석에 앉는 걸 불편해하는데, 그 이유는 본인이 임산부석이 아닌 곳에 앉으면 임산부가 아닌 사람 한 명이 자리에 앉지 못한다는 부담감 때문이라고 했다. 지난주에 아내와 같이 지하철을 타고 가는데 임산부석에 (다섯 번 연속으로) 임산부가 아닌 나이가 있어 보이는 아주머니들이 자리를 차지하고 있었다. 그리고 그중 대부분은 임산부가 앞에 서 있어도 자기 휴대폰만 들여다보고 있었다. 자리를 비켜줄 의지가 없다고 보는 게 맞다. 아주 화가 났다. 만약 자신이 임산부석에 앉았다면 앞에 임산부가 오는지 안 오는지 정도는 확인하고 있어야 하지 않을까? 자리를 양보해 달라고 하고 싶어도 세상이 흉흉하다 보니 뭐라고 하거나 싸우지도 못하겠다. 남편인 나도 그런데 임산부인 당사자가 양보해달라 말하기는 더더욱 어렵다. 다음에 유사한 상황이 생긴다면 자리를 비켜달라고 말이라도 해볼까 한다. 자기가 알지 못하는 본인의 부끄러운 모습을 마주하면 세상이 나아지는 데 도움이 되지 않을까?

아내는 계속 밤에 잠을 제대로 자지 못한다. 그렇다고 새벽까지 깨어있을 체력도 되지 못한다. 밤 11시 즈음이 되면 아내는 슬슬 잠이 오기 시작하는데 막상 누워도 잠을 이루지 못해 새벽까지 뒤척인다. 그렇게 새벽까지 제대로 자지 못한 아내는 오전 늦게 잠에서 깨고 다시 밤에 잠을 제대로 자지 못한다. 반면 나는 잠을 굉장히 잘 자는 사람이기 때문에 아내와 같이 누우면 바로 잠이 든다. 새벽까지 잠을 이루지 못하는 아내 옆에서 혼자만 깊이 잠든 남편을 보는 심정이 어떤지 나는 잘 알지 못한다. 남편이라도 잠을 잘 자니 다행이라 느낄 테지만 한편으로는 부러운 마음과 얄미운 마음도 함께 있지 않을까?

임신 13주가 지났어도 아내는 여전히 입덧을 한다. 지난주에 직장 동료가 나에게 "혹시 멀미를 하냐?"고 물어보았다. 내가 차를 타면 자주 멀미를 한다고 대답하자 입덧은 멀미가 종일 있는 것과 비슷하다고 설명해 주었다. 조금이나마 감이 잡히는 순간이었다. 그런 몸 상태가 지속되니 잠을 자기도 힘들고, 기운을 차려서 적극적으로 생활하기도 어려운 상황이 되는 것이다. 입덧이 사라진다는 12주의 기적은 아내에게는 일어나지 않았다. 저녁이 되면 아내는 울렁거리는 가슴을 부여잡고 누워있다. 밥을 먹고 나면 울렁거림이 매일 반복된다. 임신 중기가 되면 입덧이 사라진다는데 삶의 질을 높이기 위해 아내의 입덧도 사라지기를 기대해 본다. 자꾸 누워있기만 하니 아내의 체력이 점점 떨어지는 게 느껴진다. 아직 출산까지 많은 시간이 남았다. 임신한 아내의 체력을 늘리기 위한 방법을 고민해야 한다.

우리 엄마는 어땠을까? 엄마는 무더운 한여름에 만삭의 시기를 보냈다. 나는 엄마의 임신 이야기를 듣긴 했는데 사실 인상 깊게 남는 이야기는 없었다. 엄마의 임신과 출산에 별다른 생각이 없었기 때문이다. 내가 아들이라 그럴지도 모른다. 딸이라면 좀 다를까? 직장에서 같이 일하던 동료가 임신했을 때도 바닥에 떨어진 종이를 줍지 못하니 내가 대신 주워 주는 정도였다. '일은 일이고 임신은 임신'이라 생각했기 때문에 특별히 힘들어할 수 있다는 인식 자체를 하지 못했다. 다만 출산 휴가와 육아 휴직, 그리고 복직했을 때 아이로 인해 생기는 일들로 불편감을 느끼지 않도록 최대한 노력했을 뿐이다. 단지 그 정도였다. 가까이서 임신을 지켜보아도 임신이 정말 힘들다는 사실을 깨닫는 건 어려운 일이다.

근본적으로 임신도 출산도 남의 일이다. 사람은 직접 겪어보지 않으면 모른다는 건 나에게도 적용되는 이야기다. 임신 초기 아내도 나에게 "오빠는 내가 임신했다는 사실을 잘 모르는 것 같아."라는 말을 했다. 이제는 육아를 하는 친구들이 직장 생활의 어려움을 토로하는 이야기들이 조금씩 와닿는다. 물론 내가 아는 것보다 훨씬 힘들 것이 분명하다. 남의 일이 남의 일이라는 건 자명한 사실이다. 경험을 해야만 알 수 있는 일들이 있다. 하지만 그보다 안타까운 건 남의 일을 대하는 사람들의 태도가 이전보다 나빠졌다는 것이다. 나와 분리된 타인, 나의 세계에 속하지 않은 나머지의 모든 사람들을 나를 방해하는 대상으로 여기고 선의를 베풀지 않는다. 남이 나보다 좋은 것을 차지하는 걸 불쾌해한다. 그렇게 내가 아닌 다른 모든 '남'들은 불편한 대상이 되어버린다. 임신도, 출산도, 육아도, 직장 생활도, 노년 생활과 학창 시절이 모두 힘든 건 이 때문이다. 내가 아닌 남에게는 나쁘게 대해도 된다는 인식이 공고해졌다.

내가 나로서 더 잘 지낼 수 있는 방법은 여럿이 있겠지만, 무엇보다 중요한 것 중 하나는 인간이 인간으로서 보일 수 있는 선의를 잃지 않는 것이다. 부끄러운 본인의 모습을 직접 마주하는 경험이 없어도 남과 잘 지낼 수 있어야 하지 않을까? 나 또한 아내를 이해하고 태어날 아이를 이해하기 위해서는 나만의 생각에 빠져 혼자 판단하고 행동하지 않아야 한다. 어떤 상황이 닥쳤을 때 상대가 하는 말을 제대로 인식하고 존중하는 것은 어렵다. 그만큼 사람은 이기에 빠져 사고하기 쉽다. 나는 아직도 개인이 가진 선의가 세상을 좀 더 이롭게 할 수 있다 믿는다. 이 생각이 틀렸다면 세상을 살아가며 사람이 사람을 도울 수 있는 근거를 찾는 것은 너무 어려운 일이 되어 버린다. 사람이 선의를 가지고 자연스레 사람을 돕지 않는다면 어떻게 미래를 긍정할 수 있을까? 이기심이 판치는 세상에서 나 또한 당연한 듯 나의 이기를 보이겠지만, 그 와중에서도 문득 선의를 보여야 한다는 사실을 깨달았을 때 그 마음을 외면하지 않으며 살아갈 수 있기를 바란다.

부부란 완결을 위한 과정이다

　청춘 시절에는 불특정 다수의 남녀가 목적 없는 만남을 가진다. 청춘은 나에게 이롭고 이롭지 않음을 따지거나 특별히 무언가를 주고받는 거래적 관계가 아니더라도 서로 관계를 맺고, 하고 싶은 것들을 한다. 그냥 보고 싶어서 밥을 먹고 카페에 가고 술을 마신다. 단지 자주 보기 때문에, 혹은 같은 학교에 다니거나 같은 학과에 있다는 것이 이유가 된다. 물론 나름의 의미와 목적이 있겠지만 사람과 사람이 잦은 만남을 가진다는 것, 그리고 구체적인 이득이 없음에도 특정한 행위를 한다는 건 청춘이 지난 사람은 잘 하지 않는 일 중 하나다. 게다가 친구의 친구라든가, 잘 알지 못하는 사람과 만나는 일도 어지간해서는 생기지 않는다. 청춘이 지난 사람들의 만남이란 관계가 익숙해져 몇 달에 한 번, 혹은 일 년에 한 번 정도 만나 그동안의 소식을 업데이트하거나 과거의 추억을 뜯어먹는 것이다.

청춘이 사그라들 즈음 사람들은 모임을 주로 가진다. 각기 다른 장르의 모임은 성격은 다르지만 결과적으로 유사 청춘으로 수렴된다. 잘 모르는 남녀가 목적이 없는 듯 만나지만 사실 명료한 목적이 있는 채로 관계를 맺으며 청춘 기간을 늘려간다. 청춘과 유사 청춘의 다름은 여기서 나온다. 청춘은 연애가 아니더라도 서로 관계를 맺고 만남을 가진다. 때로는 마음에 드는 사람을 만나 술자리에서 둘이 몰래 빠져나가 편의점에 아이스크림을 사러 가지만, 유사 청춘은 서로를 관찰해 이 사람이 나와 맞는 사람인지 아닌지 점수를 매겨 모임 안에서 연애 가능 인력과 불가능 인력을 구분한다. 쉽게 말해 유사 청춘은 적은 노력으로 좋은 결과물을 얻기 위한 바람에 기반하여 행동한다.

청춘이 끝난 사람은 소속감과 안정감을 느끼고 싶어한다. 결혼을 원하지 않는 사람은 여기서 혼자서도 즐겁게 잘 지낼 수 있는 환경을 구성한다. 좀 더 목적에 맞는 모임을 갖고 취미의 영역이나 달성하고 싶은 기술, 능력을 늘리거나 집단 내에서 인간적인 관계를 맺는 것만으로도 즐거움을 완성한다. 하지만 혼자만으로 삶을 완결 지을 수 없는 사람들은 나와 유일한 관계를 맺을 수 있는 상대와의 만남을 통해 상호 소속감을 부여하고 나의 사랑을 배신하지 않을 사람과의 만남을 원한다. 즉 결혼이란 목적 없는 만남과 행위를 정리하고 관계의 완결을 함께할 수 있는 사람을 찾는다는 명료한 목적을 가진다.

결혼을 한 사람들은 개인이 개인으로 존재할 수 있는 혼자의 시간이 필요하다. 하지만 그 '혼자의 시간'에 결혼하기 전 '유사 청춘'의 시간을 보내려 하는 사람은 거의 없다. 결혼을 한 사람이 '혼자의 시간'을 가지는 이유는 부부 관계를 돈독하게 하기 위함이지 해방감을 느끼기 위함이 아니다. 만약 아내 또는 남편이 없는 시간 동안 해방감을 느끼기 위해 '유사 청춘'의 시간을 보내는 데 주력하는 사람이 있다면 그는 청춘이 제대로 끝나지 않았을 때, 아니면 유사 청춘이 주는 만족감이 채 사라지지 않았을 때 서둘러 결혼을 한 사람일 가능성이 높다. 결혼 생활이 '함께 잘 살아가는 것'이라는 목적을 달성해야 한다는 건 재론의 여지가 없는 너무 자명한 사실이다.

누구에게나 청춘은 있고, 그 청춘은 시절을 아름답게 기억하게끔 한다. 부부의 안정적인 관계에 대한 바람은 아이의 유무와 상관이 없다. 오히려 아이가 없을 때 좀 더 안정적인 관계를 맺을 수 있기도 하다. 다만 아이가 있는 부부는 두 사람이 함께 살아가는 공통의 목적을 갖게 된다. 아이가 없을 때는 두 사람이 가지는 각각의 행복이 존재한 채로 공동의 행복이 만들어진다. 반면 임신을 한 부부는 '우리의 아이를 키운다.'라고 정의되는 부부 생활의 중심 목적이 생긴다. 그리고 부부는 그때부터 하나의 팀이 되어 공동의 목적을 이행하기 위해 각자 역할을 분배해 행동한다. 너와 나, 각자의 행복은 여전히 존재하지만 우리가 함께 행동하지 않는다면 임신 기간을 잘 보내고 육아를 하는 게 가능하지 않다는 것을 서로 잘 알고 있기 때문이다. 아이가 있는 부부의 안정적인 관계는 '공동의 목적인 육아를 위한 상대방의 기대 행동이 당연히 이루어질 것이라는 믿음'에 근거한다. 따라서 합의된 역할을 바르게 수행하는 것이 너무나 중요하다. 지나간 청춘의 시절은 '상실'로 정의되지 않는다.

내가 아내의 임신이 기쁘고 행복한 이유는 나의 2세가 태어나기 때문만은 아니다. 아이라는 존재는 지나간 청춘 이후의 시기에 새롭게 생겨난 내 삶의 또 다른 아름다운 목적이라 할 수 있다. 아이는 나라는 존재가 점차 사라지더라도 빛이 나게 해줘야 하는 내 사랑 전체다. 이렇게 태어나는 아이는 '함께 잘 살아가기로 한' 남편과 아내가 하나의 목적으로 합치되는 관계의 완결로 가는 데 있어 가장 중요한 요소다. 그래서 아이가 생기는 건 결혼을 한 남녀에게 있어서 가장 큰 축복이고 사랑의 결실을 맺기 위한 꽃망울이다. 청춘이 끝났다고 상실감을 가질 필요는 없다. 결혼을 하든, 결혼을 하지 않든, 아이가 있든, 아이가 없든 우리는 삶의 완결을 향한 길을 걸어간다. 청춘이 지나간다는 것은 상실이 아닌 완결을 이루어가는 과정이다.

아빠의 거리감

엄마는 열 달 동안 아이를 배 속에 품고 아이와 직접 교감을 하며 아이가 태어남과 동시에 엄마가 되지만 아빠는 아빠가 되기까지 시간이 필요하다. 그래서 아빠는 천천히 아빠가 되는 과정을 거친다. 아이를 품고 빚은 엄마는 아이의 생명을 만들고, 생명을 이어주며, 생명을 의탁하는 존재로 관계가 형성된다. 반면 아빠는 아이의 생활을 책임지는 존재로서 아이와 아빠가 서로 만나 익혀가는 과정이 있어야 한다. 아빠는 아이를 낳지 않는다. 아이는 엄마에게 안기고 엄마의 젖을 먹으며 엄마와 주된 관계를 형성한다. 육아는 도와주는 게 아니라 함께하는 것이 너무나 당연하지만 아빠는 임신의 과정에서부터 보조

자로서 할 수 있는 역할이 제한되어 있다. 입덧의 과정에서도 아빠가 직접적인 도움을 줄 수 있는 건 없고, 아내의 배를 부르게 하는 아이를 느끼지 못하며, 일어날 때와 누울 때, 걸음을 걸을 때, 힘이 들 때 모두 아이가 있음으로 인해 반드시 인내해야만 하는 엄마와 같은 감정을 느낄 수는 없다. 그리고 인간은 자기가 겪지 못한 걸 알지 못한다.

엄마는 '엄마'라는 단어 하나로도 충분한 가치를 가진다. 우리는 모두 '엄마'라는 단어가 주는 의미와 감정의 결을 안다. 이 마음은 대부분의 사람이 공통적으로 갖고 있다. 하지만 아빠가 갖는 단어의 의미는 각자 다르다. 아빠는 아이에게 사랑을 주지만 그 사랑은 엄마와는 다르다. 임신 중인 엄마는 태아를 돌보고, 아빠는 임신 중인 아내를 돌본다. 아이와 갖게 될 거리감은 아빠가 가지는 숙제다. 지금도 나는 남편으로서 아이와 직접 연결된 사람이지만 동시에 제3자인 타인이다. 아빠가 엄마와 태아의 사이보다 더 긴밀한 관계를 맺을 수는 없다.

그래서 아빠는 아내의 배 속에 있는 태아를 관찰한다. 이 관찰은 아이가 태어나고 나서도 계속된다. 이 아이가 어떤 아이인지 알기 위해, 아이에게 잘해 주기 위해, 나의 가정을 지키기 위해 이루어진다. 내가 기록하는 아내의 임신 수필도 마찬가지다. 이는 아이나 아내의 관찰기라기보다 임신한 아내를 둔 남편인 나 자신을 관찰해 적는 기록에 더 가깝다. 아이와 나는 이렇게 당연한 듯 당연하지 않은 거리감을 가진다.

나는 주변 모든 사람들과의 거리감을 중요하게 여긴다. 정말 친한 친구끼리는 무슨 이야기를 해도 된다거나, 무슨 행동을 해도 된다는 말에 동의하지 않는다. 가깝고 사랑하는 사람일수록 서로 다르며 상처를 줄 수 있는 부분들이 표시가 나지 않도록 노력하는 거리감이 필수적이다. 이는 아내와의 관계나 가족 간의 관계에 있어서도 마찬가지다. 상처를 받고, 상처를 주지 않을 수 있는 건강한 거리는 거짓이나 '꾸며낸 나'가 아니다. 이는 각자 다른 삶을 살아온 우리가 취할 수 있는 배려다.

남편으로서 임신을 겪다 보면 너무나 당연히 아내에게 집중하게 된다. 그리고 그 안에서 남편이라는 정체성은 남지만 아빠가 될 사람으로의 정체성은 쉬이 사라진다. 요즘 나는 '안나'에 대한 생각을 하기에는 여유가 부족하다. 시간이 지날수록 임신한 아내에 대한 생각뿐이다. 너무 당연하고 맞는 말이다. 임신한 아내가 곧 아이이기 때문에, 그리고 임신한 아내가 소외받는 일이 너무 많기 때문에 아내에게 집중해야 한다. 한편으로는 아내에게 치중되어 아빠로서의 역할을 제대로 학습하지 못한 채 안나가 태어날까 염려된다. 애착이 올바르게 형성된 채로 아이를 키우고, 육아를 함께하는 아빠가 될 수 있을까? 결국 나는 안나에게 아빠의 사랑이 제대로 전달될 수 있는 방법을 고민해야 한다.

나는 사고 중심적인 사람으로 언제나 주위를 관찰하고 글로 기록한다. 나의 관찰 일기들은 사물과 세상, 그리고 내가 사랑하는 사람들 간의 거리감을 상징하기도 한다. 하지만 태어나는 아이가 어떤 기질을 가지고 있는가를 떠나서 존재 자체로서 사랑을 받는 경험을 하게 해주어야 하고, 나 또한 그런 사랑을 주는 경험을 해야 한다. 사랑이 있는 그대로 전달되어야만 하는 삶의 필수적인 기간이 있다. 태어난 순간부터 몇 년 간이 나는 그 시기라고 생각한다. 그러기 위해서는 거리감이 없는 채로 사랑을 줄 수 있어야 한다. 이는 나를 다시 한번 깨야 하는 과정이 될 것이다.

최근에는 종교, 즉 믿음을 가지게 된 것이 다행이라는 생각을 한다. 종교란 비논리적인 과정에서 나오는 사랑의 가치를 깨닫는 일이다. 그 절대적인 사랑에는 감격스러움이 존재한다. 이 감정을 알고 있기에 믿음 안에 머무른다. 솔직히 나는 죽음 이후의 세계를 그다지 신경 쓰지 않는다. 중요한 건 현재의 삶을 살아가는 데 있어 사랑을 주고받으며 인간의 이기심을 최대한 배제한 채 살아갈 수 있는 방법을 찾는 일이다. 논리적인 사람일수록 비논리성이 중요하다. 그래야 논리적이지 않은 나의 사랑을, 사랑하는 사람에게 직접 전달할 수 있다. 결국 이러한 절대적인 사랑이 아빠의 생물학적인 거리감을 뛰어넘게 할 수 있지 않을까?

엄마는 생명력 자체이자 근원이라면 아빠는 한 발 떨어져 아이가 찾아올 수 있도록 물러선 사랑을 전한다. 근거리에 있는 애정과 한 발 떨어진 애정 모두 아이의 성장에 중요하다. 그렇게 아이에게 사랑을 주고, 때로는 아이의 좌절을 함께 바라보며 한 걸음 더 자란 아이의 성장과 나의 성장을 마주하게 될 것이다. 우리 아빠가 손주가 생겼다는 사실을 알게 되었을 때 못지않게, 내가 생겼을 때 더 좋아하셨을 거라는 너무나 당연한 사실을, 오늘에서야 나는 깨닫는다.

정서적 안정과 결혼 생활

흔히들 결혼 후 아이가 없으면 결혼하기 전과 그다지 달라지는 게 없다는 말을 하지만 내가 보기엔 그렇지 않다. 만약 결혼을 한 다음 삶의 방향성이나 가치관 등 생의 주요점이 결혼하기 전과 동일하다면 그건 상대방이 너무 많은 것을 맞춰 주거나 자기 자신이 누군가와 함께 사는 것을 그저 동거인쯤으로 바라보고 있을 가능성이 크지 않을까? 내가 보는 결혼이란 단순히 살림살이를 합치는 개념은 아니다. 이는 혼인 신고를 하냐 하지 않느냐와는 완전히 다른 문제다.

결혼 후 가장 많이 달라진 대목을 물어본다면 상황과 사물을 해석하는 태도, 그리고 정서적 접근이 나 혼자만의 영역에서 벗어나 새롭게 만들어진 가족으로 확대되는 것이라고 대답할 수 있다. 부모님과 함께 살아가던 때에도 나는 물론 가족과 함께 살고 있었지만 그와 별개로 내 생각의 범주를 가족으로 넓게 연결하지는 않았고, 내가 받아들여지는 장소가 언제까지 내가 머물러 있을 장소라고 느끼지 않았다. 가족을 사랑하고 함께 살고 있더라도 나이가 찬 자식과 부모님이 함께 지낸다는 건 그런 것이다. 함께 지내지만 서로 영원히 각자의 영역에서 삶을 이루어가야만 한다는 걸 모두가 알고 있는 관계다. 따라서 나의 생각과 감정은 나에게만 있기 마련이고, 나 혼자서만 소화해야 하며, 정서적 외로움을 느끼는 것 또한 어쩔 수 없다. 가족은 각기 다른 정서적 결을 가진 구성원으로 이루어져 있다. 때문에 가족의 가까움이 서로를 이해하는 근거로 작용하지는 않는다. 정서적 독립성은 이미 청소년기를 지나면 생기기 마련이고, 독립적인 사고를 토대로 자녀는 자신만의 특징을 만든다. 이렇게 자녀가 만들어 낸 특징을 온전히 받아들이고 이해할 수 있는 부모는 흔하지 않다. 자녀들의 롤 모델이 되고 삶의 지혜를 안내해 줄 수 있는 부모는 자식의 정서적 독립을 지지해 주고 응원해 주며 살아가는 방법을 알려주는 것이지 부모와 오랫동안 함께 살아가는 방법으로 이끌어 가는 것이 아니다. 요즘에는 자식이 자신을 의지하도록 만드는 부모들이 많아지는데 이건 올바른 방법이라고 볼 수는 없다.

사람들이 가족이나 친구가 있음에도 연인을 찾아 나서는 것은 독립적인 인간으로의 유일한 연결성을 가지는 존재를 찾고자 하는 열망에 근거한다. 가족이나 친구와도 정서적인 연결과 이해, 서로 지지를 할 수 있지만 '함께 살아간다는 것'의 확장성을 찾는 건 불가능하다. 그래서 인간은 나의 가장 중요한 부분을 이해해 줄 사람, 친구에게도 말해 줄 수 없는 나의 정서적 영역을 알아줄 수 있는 단 한 명의 사람을 찾아 나선다. 짝을 찾는 기준에는 '나를 이해해 줄 수 있는 사람'이 포함된다. 그 '정서적 이해'의 일부를 연인이 해줄 수 있다. 하지만 상대도 마찬가지로 정서적인 이해를 해주기를 바라기 때문에 서로 바라는 게 같아진다. 정서적 영역이 완전히 같을 수는 없기 때문에 그 이해의 요구는 시간이 지나면 피로감을 불러온다. 내가 가진 정서의 중요한 대목을 꼭 네가 알아주기를 바라는 행위는 상대와 온전히 관계를 하는 것이라 볼수 없다. 그러다 보면 이제 불만이 나온다. "내가 도대체 어디까지 맞춰야 돼?" 많은 경우 이 문제의 해결은 함께

할 수 있는 즐거운 시간은 남겨두되, 각자의 정서적 문제를 각자 처리하는 방식으로 이루어진다. 결국 정서적 유대감을 찾아야 하는 문제는 해결되지 않는다. 그런 피로감이 반복되면 틀에 짜인 연애를 하거나 더 나아가 연애를 하지 않게 된다.

나는 만 나이로 서른여덟 살에 결혼을 했는데, 나와 아내 모두 각자의 영역에서 충분히 정서적인 문제를 다루고 만져온 시간들이 있기 때문에 서로를 잘 바라봐 줄 수 있었다. 만일 내가 나의 정서적 상처에서 회복하지 못한 채로 결혼을 했다면 상대에게 나의 이해를 요구했을 게 분명하다. 결국 정서적 연결성을 이루어 낸다는 건 나의 마음을 알아줄 상대를 찾는 게 아니라 온전한 나의 모습을 존중받고 상대의 온전한 모습을 존중해 줄 수 있는 성숙도를 만들어 내는 것이다. 그리고 충분한 숙고를 통해 단단하게 만들어진 정서적 영역은 서로를 충분히 배려하는 원동력이 되어 '부부가 함께 살아가는 것'의 의미를 만들어 낸다. 서로가 하는 말에 상처를 받아 나를 표현하는 게 두렵다면 관계에서 이루어지는 정서적 통합은 불가능하다. 우리에게는 서로의 모습이 어떤지 알아도 괜찮다는 신뢰가 있다. 서로의 신뢰에 대한 믿음이 있기 때문이다. 내가 나 자신을 똑바로 바라볼 수 있을 때 불필요하게 나에게 이입하지 않는다. 그런 나 자신을 만들어 내고 난 후 결혼을 하는 게 옳다고 본다. 그래야 결혼을 한 부부의 별도의 통합된 정서가 만들어진다. 나는 여전히 독립적인 '나'지만 우리는 부부로서의 정체성을 유지하며 생활한다. 그리고 나는 더 이상 불필요하게 나 자신을 파고 들어가지 않는다. 즉, 정서적 독립성이 단단한 채로 가정을 이룰 수 있어야 부부의 정서적 통합 또한 가능하다.

친한 내 친구가 항상 하는 말이 있다. 결혼이 의리나 정이라고 말하는 사람들은 무슨 소리를 하는지 모르겠다고, 결혼은 서로 너무 사랑하고 좋아해야 잘할 수 있는 거라고, 그렇지 않으면 결혼에는 견디지 못할 것들이 너무나 많다고 말이다. 전에는 몰랐던 이 말을 지금은 이해할 수 있다. 상대를 사랑하는 건 나 자신의 정서적 이해를 상대에게 요구하지 않을 수 있을 만큼 성숙했을 때 가능하다. 그전까지의 사랑이란 자기 가슴의 구멍을 메워줄 수 있는 상대를 찾는 것에 지나지 않는다. 아이를 가지는 것 역시 이것이 가능해지고 난 후에 하는 게 좋지 않을까? 불안정한 상태로 챙겨야 되는 절대적 존재가 생기면 가슴의 구멍은 점점 더 커지기 마련이다. 사랑은 너를 볼 수

있을 때 생기고, 너를 보는 건 나의 공허를 해결한 이후에
가능하다.

아빠로서의 나의 삶

상담학을 공부하는 아내와 함께 결혼 전에 예비부부 상담을 받았다. 내가 상담을 받은 건 그때가 처음은 아니었다. 2017년 불안증이 심해져 일상생활이 어렵게 되었을 때 처음으로 심리상담을 받았고 주 1회씩 7회기를 끝으로 상담을 종료했다. 상담소에서의 상담과 정신건강의학과의 약물 치료 덕분에 2018년 4월부터 일과 일상생활을 다시 시작할 수 있게 되었다. 당시의 경험이 나에게 큰 도움이 되어서 그 후로도 심적으로 힘들 때마다 정리해 놓은 상담의 내용들을 읽어 보며 삶에 새롭게 적용할 수 있는 대목을 찾아보곤 했다.

예비 부부 상담의 마지막 회기가 끝난 뒤 선생님께서

나에게 개인 상담이 필요하다며 별도로 상담 받기를 권했다. 2017년에 받았던 상담과는 목표와 이론, 실천 기술적인 적용 방법이 전혀 달랐다. 이번에 받는 상담은 한 달에 한 번씩 진행되고 여러 검사를 동반한다. 이전에 받았던 상담이 내가 만들어 낸 정신세계의 영역에 집중되어 나의 사고를 깨거나 인식을 달리하는 과정에 집중했다면, 지금은 부모와의 관계 또는 발달단계에서 나의 고착화된 문제와 발생할 수 있는 여러 상황 등에 조금 더 집중한다. 아내와 나 두 사람이 함께 살아가기 위해 필요한 영역과 나의 성장 과정에서 해결되지 못한 부분이 미치는 부정적인 영향들에게서 벗어나기 위한 하나의 방안인 것이다. 무엇보다 지금 발생된 시급한 문제를 해결하기 위한 상담이 아닌 문제의 발생을 사전에 방지하기 위한 예방 상담이어서 상담 내용을 실제 생활에 적용하기가 좋다. 나는 혼자 지내는 사람이나 가족과 함께 지내는 사람에게도 문제를 예방하기 위한 상담이 주기적으로 있어야 한다고 생각한다. 더욱이 부부가 되기 위해 준비하는 사람은 반드시 상담을 받아보는 것을 추천한다. 부부 생활에서는 각자의 기준이 달라 발생하는 문제가 많다. 이 문제는 어느 누가 틀린 것이 아니기 때문에 부부간의 합의에 따라 문제가 해결되는 경향이 강하다. 따라서 합의를 위해 서로의 성격과 가치관, 내가 보는 상대와 상대가 바라보는 나 등을 이해해야 한다. 예비 부부 상담은 이러한 서로의 이해에 큰 도움을 준다. 그런 점에서 상담을 전공하는 아내를 만난 건 나에게 큰 행운이다.

아내가 임신을 한 이후 한동안 상담을 받지 않았다. 아내가 임신 13주가 지나 안정기에 접어들자 다시 상담을 받아야겠다는 생각이 들었다. 물론 나의 개인적인 다른 문제들의 해결을 위해 상담을 받고자 한 것도 있지만, 가족의 정립과 육아에 대한 대목을 조금 더 훑어보는 게 필요할 것 같았다. 상담 선생님은 임신을 축하한다며 결혼에서 아이를 가지는 또 다른 발달단계로 진입을 하게 되었다고 진심으로 기뻐해 주었다.

상담 선생님은 자식이 어쩔 수 없이 부모, 특히 나와 같은 성(性)을 가진 부모를 닮을 수밖에 없다고 했다. 그래서 나에게 아빠가 어떤 사람인지를 물어보았다. 아빠는 정말 열심히 자기 자리에서 최선을 다하시는 분, 화를 내지 않고 감정이 동요하지 않기 위해 애쓰는 분이라고 대답했다. 우리 아빠는 나의 결혼과 손주의 탄생을 누구보다 바라왔으면서도 전혀 내색하지 않았다. 나는 그 사실을 38년 동안 알지 못했다.

나는 본래 신체적으로 약하게 타고났기 때문에 육체적 영역의 능력을 발휘하지 못하는 경우가 다반사였다. 그래서 고통을 참고 인내하는 게 내가 할 수 있는 유일한 방법이었다. 특히 군대에서 그랬다. 천식으로 훈련을 제대로 받지 못하는 내가 할 수 있는 건 괴롭힘과 비난을 견디면서 고통을 참는 것이었다. 투병을 할 때도 그랬다. 아픈 채로 성질을 내도 상황은 나아지지 않았고, 내가 할 수 있는 건 많지 않았다. 그래서 내가 하는 건 참고 또 참는 것뿐이었다. 물론 이 '참음'이 잘못되어 또 다른 우울증과 불안증으로 이어지기도 했다. 나는 눈에 보이는 자기 증명을 할 수 있는 방법이 별로 없었다. 똑똑하지도, 공부를 잘하지도 못했다. 별다른 특징 없이 몸이 약한 남자아이의 존재적 증명은 눈에 보이고 잡히는 걸 뭐든 열심히 하는 것 외에는 없었다. 모델 한혜진은 자기 마음대로 할 수 있는 건 자기 몸뿐이라는 이야기를 했는데, 나는 그렇지 않았다. 몸은 내 뜻이나 의지와는 거리가 멀었고, 내 마음대로 할 수 있는 건 나의 의지와 정신력 뿐이었다,

우리 아빠의 어린 시절은 나와 무척이나 닮았다. 몸이 약해서 자주 아팠다. 학교를 쉬었고, 군대도 가지 못했다.

그런 아빠의 삶은 많은 좌절이 함께 했을 것이다. 아빠가 서른이 넘어 결혼을 해 낳은 둘째 아들이 태어나자마자 청주에서 서울로 이송되어 인큐베이터에 있었고, 자라는 내내 병원에 다녔고, 심지어 이십 대 중반에 암에 걸려 투병을 한다. 그런 아들을 보며 아빠는 누구보다 속상했을 게 분명하다. 아빠가 할 수 있는 게 뭐가 있었을까? 아내와 두 명의 아들을 위해 참아 내는 것이 유일했을 것이다. 머리가 빠지고 색소 침착으로 보기 좋지 않은 몰골이 되어가는 아들, 제대로 걷지 못해 휠체어를 타고 다니는 아들, 매일 토하고 먹을 수 있는 게 없고 통증으로 침대를 굴러다니고 아무런 의욕 없이 방에만 틀어박혀 있는 아들을 보는 심정은 어땠을까? 입원을 하면 보름이 넘는 기간 동안 눈에 보이지 않는 아들을 홀로 집에서 걱정하는 시간은 또 얼마나 괴로웠을까? 걱정되는 마음에 말을 붙이면 아들이 더 예민하게 반응할 것이 염려되어 아무런 말도 하지 않았던 아빠의 마음을 나는 아직도 제대로 알지 못한다. 다만 그 시간 또한 아빠에게는 삶을 지속하는 인내의 시간이었음을 이제야 조금 깨닫는다.

요즘 세상은 참고 인내하지 말라고 가르친다. 참아봐야 좋을 게 없고, 자기가 해야 하는 말은 꼭 뱉어야 하고,

하고 싶은 건 반드시 해야만 하는 게 제대로 된 삶을 사는 일이라 말한다. 사람들도 그 말을 지침 삼아 행동한다. 하지만 참는다는 건 그만큼 열심히, 성실하게 살아간다는 의미이기도 하다. 성실하게 산다는 건 자기를 태워 참아가며 나와 우리 가족이 잘 살아가는 목적을 이루어가는 것이다. 최근에는 형이 아빠를 많이 닮아간다는 생각을 한다. 우리 형도 참 열심히 산다. 나보다 훨씬 더 열심히, 누구보다 성실하게 살아간다. 아빠와 형 모두 대단한 사람들이다. 아빠로서의 나의 삶은 이 두 사람을 닮으면 좋겠다. 올해 내 생일에 아빠가 이런 문자를 보냈다. "생일 축하한다. 더위에 건강 잘 챙기고 산모도 더욱더 신경 써라." 네, 아부지.

160:1의 고위험군

아내에게 전화가 왔다. 평소 내가 일하는 시간에는 전화를 하지 않는 사람이라 의아해하며 전화를 받았다. 아내는 지난번 산부인과에서 받은 기형아 검사 결과가 다운증후군 고위험으로 나왔다는 말을 했다. 그 이야기를 한 후에 고위험이라고 해도 160:1의 확률이며 찾아보니 그렇게까지 염려할 만한 상황은 아니라는 말을 덧붙였다. 하지만 이미 나는 '고위험'이라는 말에 머릿속이 새하얗게 되어 아무것도 들리지 않았다. 연차 처리나 기타 업무들을 어떻게 할 겨를도 없이 직장 동료들에게 간단하게 상황을 전달한 후 "나 지금 가야겠어요. 미안해요."라는 말을 하고 곧바로 나왔다. 무엇을 할 수 있는 상황이 아니었다. 이런 상황에서 보통은 남편이 당황한 아내를 달래준다고 하는데 내 성격을 알고 있는 아내는 너무 걱정하지 말라며 오히려 나를 안심시켜 주려고 노력했다.

20대와 30대에 겪은 두 번의 암 투병은 두 번 다시 항암치료를 하지 않을 것이라는 다짐을 하게 했다. 그 경험이 준 정신적인 영향은 꽤 오래 발현되어 특정한 상황이 되면 부정적인 생각들이 튀어나와 나를 저 멀리, 먼 곳으로 보내버린다. 내가 아픈 건 (괜찮지 않아도) 괜찮다. 하지만 나의 아이에게 어떠한 일이 생긴다는 걸 나는 나와 별개의 사건으로 분리해서 바라보지 못한다. 아직 태어나지도 않은 아이의 상황을 나의 역사와 잇고 부정적인 영향을 나로 인한 것으로 치환하게 된다. 이러한 나의 정서적 문제와 실제로 생기는 물리적 문제와의 연결이 사실은 나의 망상에 불과하다는 걸 알고 있지만 그 망상을 떨쳐버리는 게 너무 어렵다. 이날도 마찬가지였다. 아내가 임신한 우리의 아이가 다운증후군 고위험이라는 걸 듣는 순간 나의 건강하지 못했던 과거력이 연결되었고, 내 마음은 또다시 멀리 떠나버렸다. 이럴 때일수록 남편이 더 단단하게 의지가 되어야 할 텐데, 나는 건강한 거리감을 유지하는 데 실패했고, 아내는 그런 나를 오히려 위로해 줬다. 아내가 고마웠다. 한편으로는 내가 이렇게 마음이 약해서야 앞으로 어떻게 아이를 키울 수 있을까? 하는 고민이 들었다. 나는 앞으로 아이를 키우며 발생되는 반복적인 문제들로부터 단단하게 나를 붙잡고 있는 게 가능할까? 그럼에도 내가 스스로 문제를 인식하고 있으니 고칠 수 있을 거라는 다짐을 한다. 더 나아진 나, 더 나아진 남편, 더 나아지는 아빠가 될 수 있게끔 말이다.

나는 160:1의 확률이라는 말보다 '고위험'이라는 말이 더 크게 와닿았다. 160:1을 백분율로 변환하면 0.625%다. 바꿔 말하면 아이가 다운증후군을 갖고 나올 확률은 백 명 중 0.6명이라는 이야기이며, 다운증후군 없이 태어날 확률은 99.375%다. (적절한 예일지 모르겠지만) 코로나19 상황으로 비교해 보면 2021년 3월경 코로나19 치명률이 0.5%로 떨어져 안정적으로 관리가 되고 있다는 증빙으로 사용됐다. 1차 기형아 검사인 목둘레 검사의 기준은 3.0mm이다. 우리 아이는 약 1.0mm 정도의 정상 범위가 나왔다. 그런데 2차 기형아 검사인 쿼드 검사에서 160:1의 확률인 고위험이 나온 것이다. 이 계산식에는 산모의 나이가 포함되어 있기 때문에 35살 이상인 산모의 경우에는 고위험으로 나올 가능성이 높다. '고위험'의 기준이

270:1, 즉 0.37%이기 때문에 예상보다 많은 산모들이 고위험군이라는 판정을 받는다. 게다가 최근에는 출산 연령이 점차 높아지고 있는 추세이기 때문에 다운증후군 '고위험'의 판정 확률 자체가 높다. 실제로 의사는 산모의 나이가 더 적었다면 고위험군으로 판정을 받지 않았을 것이라는 말을 했다.

우리는 다운증후군 검사를 위해 정확도가 높은 NIPT 검사를 받았다. 우리의 염려와 불안이 오래 가지는 않았다. 병원에서 검사를 하고 돌아온 후 여러 자료를 찾아본 뒤 나는 어느 정도의 평정을 되찾았다. 그리고 찬찬히 돌아본 오늘의 하루가 아찔하게 느껴졌다. 나는 한순간 제대로 된 판단력을 잃은 채 행동을 했다. 이런 일이 다시 생기지 않는다는 보장이 없다. 내가 정신줄을 꽉 잡은 채 무슨 일이 생겨도 이성적으로 문제를 해결할 수 있다는 자신이 없다. 안나가 태어나면 크고 작은 위험이 생길텐데…. 위험에 예민하게 반응하는 것은 좋은 일이지만 이 행동이 부정확한 판단을 토대로 이루어지면 안 된다. 많은 반성을 했다. 며칠이 지나 NIPT 검사 결과가 나왔고 '저위험군' 판정을 받았다. 정작 결과가 나왔을 때는 크게 신경을 쓰지도 않았다. 그저 저위험이기만 하면 되었기 때문이다.

실제로 임신, 육아 사이트에 들어가 보면 이미 NIPT 검사 결과를 저위험군으로 받은 많은 부부들이 고위험군 판정을 받아 불안해하는 부부들에게 괜찮을 거라고 안심시켜 주는 글을 적어 놓는다. 아내와 나도 당황스러운 하루를 보내고 집에 돌아와 다른 사람들의 후기를 읽으며 안심했다. 앞으로도 당황스러운 일들이 벌어지겠지만 그때의 나는 지금보다 조금은 더 나은 대응을 하지 않을까 생각한다. 그리고 그때도 우리보다 먼저 비슷한 일을 겪은 사람들의 후기와 따뜻한 응원, 전문가의 도움을 받을 수 있을 것이다. 나는 이런 불특정 다수에게 희망과 위로의 메시지를 보내는 사람들을 좋아한다. 사람을 안심시키고 따뜻하게 하는 건 결국 사람이다.

무시할 수 없는 현실의 임신

우리 부부는 준비 과정 없이 자연스럽게 임신을 하게 되었다. 그리고 산부인과도 동네 병원으로 다니고 있다. 대학 병원을 다니는 다른 임산부에 비하면 상대적으로 비용이 훨씬 덜 드는 편이다. 주변에 임신을 준비하는 사람들을 보면 신체적·정신적·경제적 어려움을 정말 많이 겪는다. (너무 다양하고 많아서 글로 다 적을 수도 없다.) 우리는 상대적으로 원활하게 임신 과정을 보내고 있음에도 진료와 검사 등 의료적인 부분에서 생각보다 많은 비용이 든다. 기본적으로 임신은 질병으로 취급되지 않기 때문에 건강보험 혜택을 받지 못하는 경우가 많다. 우리처럼 다운증후군 파악을 위한 쿼드 검사에서 고위험이 나온 산모들에게 실시하는 검사가 있다. 유전 장애 검사를 위해 예전에는 전부 양수검사를 했다. 하지만 자궁에 직접 바늘을 찔러야 하는 위험성과 불안감, 80~100만 원 가량의 높은 비용 부담으로 요즘에는 NIPT 검사¹를 많이 하는 추세다. 하지만 NIPT 검사도 비용 부담이 적지 않다. 보통 50~80만 원 정도로 건강보험은 물론 실비보험도 적용되지 않는다. 이외에도 많은 부분에서 건강보험 적용이 되지 않는다. 이제서야 좀 잠잠해진 아내의 입덧 약 금액은 2주 치가 4만 5천 원이다. 보건복지부 고시 <초음파 검사의 급여기준>(제2021-183호, 2022.5.1. 시행)에 따르면 산전 진찰을 목적으로 보험 적용이 되는 초음파 검사 횟수는 임신 13주 이하 일반 2회, 임신 11주-13주 사이에 정밀 1회, 임신 14주-19주, 20주-35주, 36주 이후에 일반 초음파 각 1회, 임신 16주 이후 정밀 초음파 1회로 산모들이 느끼기에는 보험 적용 횟수가 상당히 적다. 그래서 아이의 태동이 느껴지지 않는다거나 갑작스럽게 입덧이나 그 외 자연스럽게 나타나야 할 임신 증상들이 사라져 생기는 불안으로 인해 산모들은 비보험으로 진료를 받는다. 이 또한 마음의 안정을 얻기 위한 일종의 추가비용이다. 자궁 수축이 생겨 입원을 했을 때 보험 적용이 되는 약은 폐에 물이 차거나 심장에 무리가 가서 산모가 숨이 가쁘고 힘이 드는 부작용이 있다. 그런데 부작용이 없는 약은 보험 적용이 되지 않아 비싸다. 그뿐일까? 제왕절개를 할 때도 비보험으로 적용되는 약들이 많고, 그 외 처치나 치료 등에 비보험이 산적해 있다. 우리는 자연 임신이지만 만약 시험관 시술을 한다면 비용은 기하급수적으로 늘어난다. 난임 병원에 다니는 친구에게 "그건 정부 지원금 있는 거지?"라고 물어봤는데 지원금이 없다는 대답에 나는 "대체 왜?" 라고 다시 물어볼 수밖에 없었다. 임신 기간 꾸준히 먹어야 하는 영양제들의 구입은 물론이고 그 외에도 예상하지 못한 비용이 들어간다.

2024년 서울시 기준 지원금은 출산 진료비 100만 원, 임산부 교통비 70만 원이 있다. 출산을 하고 난 후에는 첫 만남 이용권 200만 원, 부모 급여 0~11개월까지 100만 원, 12~23개월까지 50만 원이 지급된다. 그리고 8세 미만까지 아동수당 월 10만 원, 자택에 산후도우미를 파견해 주는 산모 신생아 건강관리 지원사업, 보건소에서 받을 수 있는 철분제 및 엽산제, 산전 검사 등이 있다. 2023년 9월부터는 산후조리 경비도 100만 원이 지원된다. 출산 후에 받는 지원금이 얼마나 도움이 되는지는 지금의 나는 잘

모르지만 임신 기간에 나오는 출산 진료비 100만 원으로
는 출산 준비를 하기에는 턱도 없다. 입덧 약만 사도 돈이
다 떨어질 판국이다. 내년에는 서울시에서 35세 이상 산
모에게 100만 원가량의 검사비를 지원해 준다고 한다. 재
미있는 건 아이를 낳은 친구들에게 이런 말을 하면 다들
"요즘 지원금 많아졌네? 세상 좋아졌다."와 같은 반응을
보인다는 거다. 마치 2004년에 입대한 내가 "나는 군대에
서 월급으로 25,600원을 받았는데 2023년에는 600,000
원을 받으니 군대 생활할 만하겠다"는 말을 하는 것과 같
다. 이런 식의 접근방식은 아무것도 나아지게 하지 못한
다. 비록 우리는 산모 검사비 지원을 받지 못했고, 입덧
약이 비보험이었지만 내년에 지원되는 35세 이상 산모의
검사비와 입덧 약의 보험화는 작지만 의미가 있다.

　대부분의 2, 30대 청년들이 경제적인 이유로 결혼을 하
지 않고, 결혼을 하고도 같은 이유로 출산을 하지 않으려
한다. 나의 삶을 영위할 수 없기 때문에 아이를 낳을 생각
이 없다는 이야기는 다시 말하면 시간과 경제적인 이유
로 아이를 낳지 못한다는 이유와 같다. 아이에게 건강하
고 안정적인 삶을 줄 수 없다면 차라리 아이를 낳지 않는
게 더 낫다는 마음이다. 이 마음을 나쁜 마음이라 할 수도

없다. 어찌 보면 너무 당연한 일이기도 하다. 내가 살기에도 쉽지 않은 세상에 나의 아이를 살게 하고 싶지 않을수도 있다. 물론 임신과 출산을 하는 사람들도 경제적으로 여유가 있어서 하는 게 아니다. 가족이 사랑으로 세상을 살아가는 게 더욱 행복할 것이라는 마음으로 하는 것이다. 내가 혼자 지내는 것보다 부부가 함께 지내는 게 더좋고, 부부가 둘이 지내는 것보다 자녀를 낳아 함께 지내는 게 더욱더 큰 행복, 비교할 수 없는 행복이 있을 거라는 가치관에서 나오는 행위다. 사람들이 결혼을 하고 아이를 낳게 하기 위해서는 결혼을 하고 아이를 낳아도 삶이 행복할 수 있다는 것을 알려줘야 한다. 그러기 위해서는 임신과 출산에서부터 기본적인 지원이 이루어져야 한다. 시험관 시술을 통해 임신을 하고 출산을 하기까지 약천만 원 이상의 비용이 자부담으로 들어가는 세상에서누가 쉬이 아이를 낳으라 할 수 있을까?

잉크 몇 방울을 푼 물을 희석하는 데 정말 많은 물이 필요한 것처럼 결혼한 사람들의 행복한 모습이 많이 보여야 결혼이 괜찮은 일이라고 느끼지 않을까. 아이를 낳고키우는 것이 참 좋았다고 말하는 부부가 많아졌으면 좋겠다. 세상이 그렇게 되기를 바란다.

더불어 사는 삶

시대가 변하면서 사람들이 자신의 감정을 처리하는 방법이 달라졌다. 과거에는 다양한 부정적인 감정을 스스로 처리하는 경우가 많았다. 하지만 최근 들어 자신이 부정적으로 느끼는 모든 감정을 자신을 억압하는 것으로 인지하고 나의 감정을 상대가 수용해야 한다고 말하는 사람들이 많아졌다고 느낀다. 자신의 감정을 표출하지 못한다는 사실 하나만으로도 현재의 상황이 잘못되어 있다고 인식하기 때문이다. 사실 틀린 이야기가 아닐 수도 있다. 누군가의 의도 아래 자신의 감정이 억압받는 게 올바르지 못한 일은 맞다. 하지만 반대로 내가 느끼는 모든 감정을 타인에게 표현하는 것도 올바른 일은 아니다. 내가 하는 말과 행동이 누군가를 불편하게 할 수 있다는 사실을 인지하지 못한 채 자신이 하는 행동의 자유로움만을 생각해서는 안된다.

　그 생각들은 타인에 대한 의심을 불러 일으킨다. 그렇게 나, 또는 나의 가족이 느끼는 모든 부정적인 상황을 학대라고 해석하고 실생활에 적용한다. 내가 느낀 부정적인 감정은 상대방이 먼저 나를 공격했기 때문이라고 생각해서 그 감정을 느끼게 한 대상을 공격하고 나의 권리와 권한을 제한하는 세상을 문제로 바라본다. 물론 실제로 문제가 되는 경우들이 꽤 있다. 여전히 출산휴가나 육아휴직을 신청하지 못한다거나, 육아휴직을 다녀오면 직위에서 밀려나 있고 승진에서 제외되는 일들이 많이 벌어지며, 이 외에도 다양한 위기 상황에서 보호받지 못하는 노동자들이 많다. 반면 자신의 권리를 적용하기 위해 타자의 권리를 침해하는 걸 아무렇지도 않게 행하는 사람들도 있다. 내가 이득을 보기 위해서는 누군가가 피해를 받아야 하는 상황이 있고, 정해지지 않고 구체적이지 않은 일들을 누군가가 나서서 선의로 해야만 할 때가 있다. 모든 사람의 바람을 들어줄 수 있다면 좋겠지만 대부분의 조직은 그 정도의 자본력이나 자원을 가지고 있지 못하다. 그리고 상황에 따라 발생되는 문제들도 항상 공평하게 처리되는 건 아니다. 때문에 불합리한 세상에서 유리한 고지를 차지하기 위해 나의 권리를 찾는 게 무엇보다 우선시된다.

사회 또는 조직에서의 규칙과 지침, 법은 분명한 한계를 지닌다. 이를 보완해 주는 건 다양한 상황에 적용되는 윤리다. 사람들은 법 윤리에 따른 조치와 판단을 인생의 준거로 바라본다. 일반적으로 법적으로 문제가 없으면 문제가 없는 것으로, 법적으로 문제가 있다면 문제가 있는 것으로 삶을 판단한다. 하지만 법은 모든 사람을 보호해 주지 못한다. 법은 시대의 기술이나 변화를 즉각적으로 수용하지 못하고, 또 개선되어가는 과정에서도 누군가의 권리를 보호하기 위해 의도하지 않게 누군가의 권리를 제한하기도 한다. 윤리의식이라는 건 어찌 보면 간단하다. 나의 편의를 위해 타자를 해하면 안 된다는 것, 사람이 사람을 때리면 안 된다는 것, 사람과 사람이 관계하기 위해 인사를 하고 상대가 기분 좋은 하루를 보내게 하기 위해 불쾌한 감정을 주지 않으려 노력하는 것, 내가 의도하지 않은 일로 타인을 불쾌하게 했다면 진심을 담아 사과를 하는 것이다. 윤리라는 건 사회와 집단의 체계

안에서 나와 타인 모두가 보호받기 위해 인간으로 행해야 하는 행위를 뜻한다.

사람은 자기 자식이 더 나은 세상에서 살아가기를 바란다. 그런 마음은 좀 더 자유로운 방식의 양육 방침을 세우게 한다. 한 명, 많아야 두 명인 자녀를 소중하게 키우는 현대의 부모들은 자식들에게 누군가를 배려하는 경험을 쌓게 하기 어렵다. 부모는 나에게 양보해 주는 존재이고, 친구들은 나와 다른 타인으로 분류된다. '나의 감정'이 중요한 시대에서 타인에 대한 배려를 익히는 게 쉽지 않다는 생각이 든다. 충분한 배려를 배우지 못한 채 성인이 되면 자신의 권리를 찾아야 할 때와 타인을 배려해야 할 때를 구분하기 어렵게 된다.

나 또한 같은 시대를 살아가고 곧 아빠가 될 사람으로서 아이에게 자신의 감정을 보여주어야 할 때와 참아야 할 때를 완전하게 구분할 수 있을지 염려한다. 어떻게 해야 아이가 부정적인 감정을 건강하게 표출하고 타인을 배려하는 삶을 살아가는 방법을 깨닫게 할 수 있을까? 내가 참아야 했기에 너무나 괴로웠던 것들을 아이에게 참으라고 할 수 있을까? 자신을 보호하기 위해 어디까지 어떤 행동을 해야 한다고 알려줄 수 있을까? 아이는 나의 행동이 일관성 있다고 느낄까? 내가 아빠로서 자신을 충분히 보호하면서 아이를 좋은 사람으로 키울 수 있을까? 나도 잘 모른다. 나는 이제 아빠를 준비하는 사람으로 내 아이가 어떤 성격을 가졌을지, 내가 어떤 성격을 가진 아빠가 될지도 모른다. 누군가와 함께 지내는 건 당연히 불편하고, 때로는 힘들기도 하다는 걸 아이와 함께 경험할 수 있을 것이다. 그 불편함은 우리가 가족을 이루어 살아가면서 같이 배워나갈 수 있다. 가족에서 시작되는 불편함의 학습과 감정의 적절한 표출, 감정의 조절과 각기 다른 성격을 가진 사람이 같이 지내기 위해 필요한 상호 간의 배려심을 가족 내에서부터 만들어가야 한다. 그리고 필요한 경우에는 싸워야 한다. 또한 무엇보다 중요한, 진심으로 사과를 하는 방법을 가족이 모두 배워야 한다. 아이와 함께 개인으로 가족 내에 존재하는 방법, 가족으로 집단에 존재하는 방법, 그리고 집단에서 개인으로 존재하는 방법을 함께 익혀야 한다. 그 과정에서 중요한 건 우리가 한 명의 개인이자 타자와 함께 세상을 살아가는 사람으로 필요한 윤리의식을 확보하는 것이다. 내가 괜찮기 위해 타자를 공격해야 하는 상황이 닥친다면 타자에게 위해를 가하지 말고 세상을 살아가라고, 그리고 만약 아빠가 타자에게 위해를 가하는 사람이 되어있다면 꼭 알려달라고 아이에게 말해주고 싶다. 더불어 사는 삶이 란 그런 것이라고.

아내 관찰기

아내는 임신 20주 차의 임산부가 되었다. 지금까지 지나온 만큼의 시간을 보내면 안나가 태어난다. 이제 아내는 입덧으로 인한 울렁거림은 거의 없다. 특별히 역하게 느껴지는 냄새는 가글액과 치약 냄새 정도. 입덧이 한창일 때 먹지 못했던 돼지고기나 국밥 등의 음식도 이제는 잘 먹을 수 있다. 하지만 임신하기 전에 가끔 먹었던 곱창과 막창은 먹고 싶다는 말을 하지 않고, 그 외 식당이나 음식을 고를 때도 입덧이 한창이던 때 역하게 느낀 메뉴는 피하게 되었다. 입덧이 끝났음에도 입덧 당시의 기분이 남아 있어서 그런 걸까? 나도 투병이 끝난 후 한동안 병원에 가면 식사 시간이 한참 지나도 배가 고프지 않고 토할 것 같은 기분이었다. 당시 담당 교수님은 항암치료를 하며 계속 토했기 때문에 있을 수 있는 증상이라고 말해 주었다. 아내의 모습도 그와 유사하지 않을까 싶다. 아내가 잘 먹는 음식은 김밥과 떡볶이, 치즈 떡볶이, 엽떡류 떡볶이, 로제 마라 떡볶이, 라볶이, 동네 떡볶이, 시장 떡볶이, 프랜차이즈 떡볶이……가 있다. 우리는 여전히 외식을 많이 한다. 생선구이나 마라탕이 새로운 메뉴로 추가 되었고, 치킨이나 구운 고기, 족발 등 임신 전에 좋아하던 음식을 먹기도 한다. 입덧을 할 때와 달리 이제 집에서 음식을 해 먹어도 괜찮아한다. 여전히 속을 개운하고 상큼하게 하기 위해 과일을 자주 먹긴 하지만 이제 아내는 상당 부분 음식에 있어서 일상성을 회복했다.

임신한 아내가 잠을 자는 시간에 나는 혼자만의 집중하는 시간을 가진다. 그래서 조용한 오전에 글을 쓰고 책을 읽는다. 책을 읽는다는 건 여전히 나에게 가장 좋은 즐거움이다. 책만 있다면 나는 어딘가 다른 곳으로 훅 떠나 많은 것을 담아서 현실 세계로 돌아온다. 또 혼자의 시간을 잘 보내고 오라는 아내의 배려로 독립영화관에 가기도 하고, 카페에 다녀오기도 한다. 아내의 임신 후 주말 오전 시간은 결혼 전과 유사하다는 느낌을 받는다. 결혼이란 독립적인 시간과 함께하는 시간을 각기 잘 보내는 걸 터득하는 게 관건 아닐까?

하지만 아이가 태어난 이후에는 어떨지 예상할 수 없다. 예측하건대 한 명이 아이를 보고, 그 시간에 다른 한 명이 독립적인 시간을 가지는 패턴이 되지 않을까? 부부 두 사람이 함께하는 시간은 매우 적어질 것이다. 아이가 태어난 이후에는 아이에 대한 대화가 중심이 되고, 부부의 시간이나 대화가 절대적으로 줄어든다는 이야기를 많이 들었다. 그래서 아이가 잠든 후 부부가 같이 보내는 시간이 중요할 것이라는 생각을 해본다.

임신 초, 중기에는 아내가 잠이 잘 들지 못하는 걸 알면서도 나는 밤 열두 시가 되기 전에 잠이 들었다. 밤에 잠을 잘 자야 제대로 일을 할 수 있고, 그래야만 퇴근하고 나서도 제대로 된 생활을 할 수 있기 때문이었다. 평일 중 나흘 정도는 아침에 잠이 덜 깬 아내의 흐릿한 목소리를 들으며, 하루 정도는 잠이 든 아내를 보며 출근했다. 요즘에는 눈을 뜬 채 인사를 해주고, 가끔은 서서 배웅까지 해준다. 8월 내 생일에는 아침에 생일상까지 차려 줬다. 아내의 지인이 U자형으로 된 바디필로우를 선물해 줬는데 요 며칠 아내는 바디필로우에 몸을 폭 담근 채 잠을 잔다.

마치 알 속에 있는 것 같은 느낌을 받는다. 거기서 일어나는 아내를 보고 있자면 마치 알을 깨고 나와 아브락사스를 향해 가는 《데미안》의 새를 보는 기분이 든다. 그렇게 하루를 투쟁하기 위해 알을 깨고 나오는 새와 같은 아내가 있다. 투쟁하는 아내는 내가 퇴근하는 시간에 맞추어 저녁을 차려주거나 음식을 주문한다. 이 또한 아내의 투쟁 과정 중 하나다.

아내는 상담학 박사과정을 밟고 있다. 이번 학기가 코스웍 마지막 학기인데 아내는 임신 중에 수업 듣는 걸 힘들어했다. 임신 20주가 되면서부터 약간의 배 뭉침이 시작되고 다리가 부어 압박 스타킹을 처방받아야 하는 상황에 처해있다. 앞으로는 몸이 더 무거워질 거다. 임신 초기, 중기, 후기 모두 각기 다른 어려움이 있을 뿐, 힘듦의 정도가 나아지는 건 아니다. 그 와중에 한 자세로 가만히 앉아서 수업을 듣는 건 결코 쉬운 일이 아니다. 하지만 그렇다고 다른 방법이 있는 것도 아니다. 너무 심해지면 온라인으로 수업을 들을 수 있도록 해달라는 제안을 하는 것 정도다. 학교를 다니며 상담 수련을 하고, 졸업 시험을 보고, 논문을 쓰는 과정을 임신과 출산 이후에 해야 한다. 임신과 출산, 육아의 전 과정이 모두 예측 불가능성의 연속이다. 이 무한정으로 지속되는 예측 불가능성과 불안정성에 익숙해져야 한다.

요즘 아내는 전보다 많이 걷는다. 외출도 하고 사람들도 자주 만난다. 매일 출근을 하며 일을 하는 임산부들, 그중에서도 둘째나 셋째를 임신한 임산부들은 더욱 대단하다. 특별한 해결 방법을 터득해서 괜찮은 건 아닐 것이다. 그녀들은 아마 현재의 상황들을 인내하며 하나씩 해결해 나가는 것일 테다. 아내와 둘이 지낼 수 있는 시간이 얼마 남지 않았다. 아내의 몸이 점점 더 무거워질수록 내가 해야 할 일이 많아진다. 그리고 그래야만 한다. 닥쳐서 하기보다 가능한 미리 예측하고, 나만 바라보는 사고를 떠나려는 노력이 더 필요하다. 또 출산이 가까워지면 아내의 불안감은 점점 더 커질 것이다. 그러니 나의 마음도 지금보다 더욱 안정적이 되어야 한다.

얼마 전 처음으로 태동이 있었다. 아내는 누워서 배에 손을 대고 아이가 움직이기를 기다린다. 그리고 아이가 꿈틀고 움직이면 행복해한다. 그런 아내를 보는 게 귀엽고 좋다. 귀여운 두 사람을 직접 볼 수 있는, 귀여운 두 사람이 직접 마주 보는 20주 뒤를 기대해 본다.

통제되지 않는 나와
사이좋게 지내는 법

나의 직업은 사회복지사다. 그중에서도 노인복지에 종사하고 있고, 노인복지 중에서도 재가노인복지시설[2]인 노인복지센터에서 근무를 하고 있다. 좀 더 세부적으로 들어가면 나는 치매를 포함한 노인성 질환을 앓고 있는 어르신들이 센터에 출석해 프로그램이나 서비스를 이용하는 '데이케어센터'에서 근무를 하고 있다. 쉽게 말하면 안전상 또는 가족이 일상생활을 하기 위해 도움이 필요한 어르신들을 보호하며 돌보는 사회복지 서비스를 제공하고 관리하는 일을 하고 있다. 나는 직장 내에서 중간관리자다. 하지만 관리자라 해도 나 또한 직원에 불과하다. 다만 조금 더 많은 책임과 권한을 가지고 있으며 그만큼의 원망을 받기도 한다. 사실 조금 더 적은 급여를 받고 권한과 책임이 적은 일을 하는 게 더 나을 수도 있다.

나에게는 바람직한 직장인으로서의 상, 관리자로서의 상, 사회복지사로서의 상이 존재한다. 늘 그 '상'을 지키며 살 수 있다면 좋겠지만 그렇지 못할 때가 많다. 일을 하면서 많은 보고를 받고 많은 사람들과 대화를 하며 많은 것들을 결정한다. 그중에는 좋은 보고도 있지만 좋지 못한 보고나 불편한 대화를 하는 경우도 많다. 좋지 못한 의도가 담긴 질문을 들을 때도 있다. 많은 사람들이 자신의 관점에서 각기 다른 이야기들을 한다.

부정적인 상황이 몰아치는 날이 있다. 나는 관리자지만 실무의 가짓수가 많은 편이다. 사실 하루에 처리할 수 있는 업무의 절대적인 가짓수는 정해져 있다. 업무처리가 오래 걸리고 아니고를 떠나 다양한 종류의 일을 하고 나면 결과의 밀도와 관계없이 또렷한 정신으로 일을 하거나 무언가를 결정하는 데 어려움이 따른다. 특히 부정적인 자극을 가지고 오는 사람들과의 만남이 반복되고, 돌발적인 사고가 발생하면 나는 '내가 생각하는 바람직한 사회복지사이자 관리자 상'에서 벗어난 행동을 하게 된다. 본래 예민한 성격인 내가 예민하지 않은 척 지내기 위해서는 이미 많은 에너지가 소모되는데 예민함이 올라오고 난 후에는 화가 나지 않아도 되는 곳에서 화가 나고, 불편함을 느끼지 않아도 되는 대목에서 불편감을 느끼게 된다. 안하무인이 될지 모른다는 불안감이 나를 더욱 불안하게 만들어 사람들에게 적절하지 않은 대응을 하게 된다. 때문에 나와 대화하는 상대는 갑작스럽게 관리자, 그리고 사회복지사에게 위협적인 행동을 당한 직원이 된다.

한 발 떨어져 나를 바라보았을 때 내가 너무 보기 싫은 순간이 있다. 그런 나를 견디기 어렵다. 나는 사과를 잘하는 사람이지만, 사과는 이미 벌어진 상황을 수습하기 위한 일임과 동시에 상황이 더 악화되지 않기 위해 행하는 일이다. 가끔은 그런 생각도 든다. 내 반성이 스스로 아직 괜찮음을 증명하는 수단이 아닌가 하는 것 말이다. 그 와중에도 나를 사랑하고 지지하는 건 꽤 어려운 일이다. 평정심을 잃지 않고 차분한 사람이 되고자 하지만 나는 그런 사람과는 거리가 멀다. 그래서 마음을 정리하고 단정하게 하기 위해 글을 쓴다. 애초에 평온한 사람이었다면 글을 쓸 필요도 없었을 거다. 글을 쓰거나 그림을 그리거나 노래를 부르는 등 자기표현을 하는 사람들은 주체할 수 없는 자신이 존재하기 때문일 것이다. 나 또한 때때로 의식에 따라 주체적으로 통제할 수 없는 나를 느낀다.

아이를 키울 때도 유사한 상황에 처할 수 있다. 누구나 평소에는 괜찮고 타인에게도 잘해 준다. 결국 통제할 수 없는 자신을 얼마나 잘 다스리느냐가 내가 생각하는 바람직한 부모상의 척도가 된다. 사람들은 종종 나에게 좋은 아버지가 될 것 같다는 말을 한다. 그 말이 진심이든, 그냥 하는 말이든 나름의 이유가 있을 테고, 그 말을 하는 이들의 기대도 존재할 것이다. 이제 곧 태어날 아이가 자라면서 나로 인해 상처를 받고 힘든 상황에 처할지도 모른다. 또 납득하지 못하는 상황이 반복적으로 발생되고 내가 설명을 하더라도 받아들일 수 없는 경우가 생길 수도 있다. 나 또한 우리 엄마와 아빠의 심정을 아직도 잘 모르는 것처럼 우리 아이도 내 마음을 잘 모를 것이다. 내가 통제하지 못하는 불안과 짜증을 아이에게 풀어내지 않기를 바란다. 그리고 동시에 내가 나 자신을 너무 못나게 보지 않기를 바란다. 사람과 사람이 잘 지낸다는 것은 너무 어려운 일이다. '가족'이라는 삶의 터전에는 퇴사가 없고 휴직도 없다. 부정적인 감정이 휘몰아치는 세상에 나와 아내, 그리고 우리 아이가 가족의 품 안에서 마음 편하게 지낼 수 있기를 바란다.

무언가를 얻기 위해서는 무언가를 포기해야 한다. 나는 앞으로 가족의 행복을 얻기 위해 무엇을 포기해야 할까? 분명히 아이의 행복을 위해 포기해야 하는 것이 있을 것이다. 하지만 우리 가족의 행복 추구가 누군가의 불행을 가져오지 않도록 노력해야 한다. 이를 위해서는 아내와 아이뿐 아니라 나 자신에게도 너그러워야 한다. 그와 동시에 통제되지 않는 나를 잘 관리해야 한다. 그렇게 된다면 나 자신과 조금 더 사이좋게 지낼 수 있지 않을까?

인간이라는 선물

여느 직장인들이 그렇듯 나 또한 매일 커피를 마시지 않고서는 살 수 없는 사람이다. 점심때가 지나 흐느적거리는 몸과 정신을 보고 있으면 아이스 아메리카노를 마시지 않을 수 없다. 10년이 넘게 일을 하다 보니 어느덧 나는 훌륭한 카페인 중독자가 되었다. 내가 일을 하는 동네는 요즘 재개발로 공사가 한창이다. 공덕역에서 서울역으로 가는 방향에 있는 골목의 언덕을 쭉 올라가면 내가 일하는 노인복지센터가 나온다. 요즘 한창 공사 중이라 이 일대에 새로운 가게가 들어서는 일은 거의 없다. 그나마 다행히 직장 근처에서 3분 안에 갈 수 있는 카페가 딱 하나 남았다. 이 동네에 살고 있는 아저씨가 운영하는 작은 카페다. 이 카페를 이용하는 고객은 이미 정해져 있다. 주민센터 직원들과 우리 센터 직원들, 아래쪽 인근에서 일하는 사람들과 자영업자들, 골목에 오래 거주한 주민들이 대부분이다. 나는 점심을 먹고 나면 직장 동료들과 종종 이 카페에 간다.

카페 사장님과 알고 지낸 지는 오래됐지만 사실 우리는 서로를 잘 모른다. 나는 직장과 관련된 곳에서 살갑게 인사를 하며 인간적으로 가까운 관계를 만들어 내는 사람이 아니다. 카페 사장님과도 마찬가지다. 내가 사장님에게 하는 말은 "안녕하세요. 아이스 아메리카노 한 잔주세요.", "감사합니다. 수고하세요."가 전부인 경우가 대부분이다. 결혼하고 한 달쯤 뒤에야 "사장님, 저 지난달에 결혼했어요."라는 말을 하고 축하한다는 대답을 들었다. 아주 가끔 시덥지 않은 대화를 나누기도 한다.

노인복지센터에서 일을 하다 보니 사장님의 아프신 어머님에 대한 이야기를 나눌 기회가 가끔 있었다. 그러다 얼마 전 사장님의 어머님이 돌아가셨다. 경조사를 챙길 사이는 아니고, 따로 인사를 하는 것도 이상해서 별다른 걸 하지는 않았다. 어머님의 장례를 마치고 다시 문을 연 사장님에게 마트에서 2만 원가량의 과일을 사서 드렸다.

과일을 드릴 때도 "사장님 드리려고 샀어요."라는 말만 건넸고 사장님에게서도 짧게 감사하다는 말만 돌아왔다. 그리고 며칠 후 커피를 주문하는 여느 때와 다를 바 없는 관계로 돌아갔다. 여전히 우리는 별다른 이야기를 나누지 않은 채 같은 일상을 반복한다.

이 이야기를 들은 누군가가 나에게 선물은 이해관계가 있는 사람에게 하는 것이라는 말을 했다. 이해관계가 있는 사람이란 어떤 사람일까? 나의 선물이 인간적인 애정이나 응원을 넘어 다른 여지로 해석될 가능성이 있는 관계라거나, 사회적인 통념을 넘어서는 금액의 선물을 주는 경우에는 어떠한 의도가 담긴 선물이라고 볼 수 있다. 여기서의 선물의 정의가 바로 '이해관계가 있는 사람에게 하는 선물'이다. 하지만 내 기준에서 가장 적절한 선물은 내가 선물을 해도, 선물을 하지 않아도 관계에 영향이 가지 않는 사이에 주고받는 선물이다. 당신과 가깝거나 혹은 그다지 가깝지 않아도 당신이 어떠한 일을 겪어 기쁘거나 슬플 때 작은 위로를 보내거나 기쁨을 축하하고 싶다는 마음을 전할 수 있는 게 가장 적합한 선물이라고 생각한다. 부모와 자녀 간의 선물, 그리고 남편과 아내의 부모님에게 보내는 선물은 함께하게 된 가족에게 보내는 일종의 감사의 표현이다. 결혼을 하고 아내가 임신을 하면서 생각보다 훨씬 더 많은 선물을 받았다. 선물을 주는 사람들이 건네는 짧고 긴말 속에는 진심 어린 축하가 담겨 있었다. 그 마음이 너무 고맙고 감사했다. 누군가의 삶을 단지 그 자체로 응원하고 기뻐한다는 건 쉽게 담을 수 없는 마음이다. 나 또한 이들의 마음을 닮아 명절을 맞이해 부모님께 선물을 보내고 결혼을 하는 친구, 임신을 한 친구, 오랫동안 같이 모임을 해온 사람들에게 내 마음을 작은 물건에 담아 전달한다. 선물은 인간적인 애정에 기반한다.

아이를 가진다는 것 또한 그렇다. 부모와 아이가 무슨 이해관계가 있을까? 아이가 커서 자기를 부양해 주기를 바라며 임신을 하고 자녀를 키우는 부모는 없다. 우리 부모님 세대를 돌아보면 자녀를 낳고 키우며 자신의 인생 자체를 잃어버린 사람들도 있다. 그렇다고 그들이 자신의 인생을 버렸다고 생각하지는 않을 것이다. 이해관계를 따지게 되니 사람들은 결혼을 하지 않고 임신을 하지 않는다. 결혼과 임신, 출산은 등가교환이 아니다. 인생에서 당연한 것은 없다고, 무언가를 희생해야 무언가를 얻어낼 수 있다지만 희생이 아닌 사랑으로 누군가에게 줄 수 있는 무언가를 만들어낼 수 있다. 임신한 아내와 나는 매일 밤 아이에게 말을 걸며 사랑의 언어를 뱉는다. "안나야 오늘 어떠니?" "안나야 잘 지내고 있니?" "안나야, 엄마와 아빠는 네가 너무 궁금하다." "안나야, 너를 만나 보낼 하루하루를 엄마와 아빠는 기대하고 있다." 안나야, 안나야, 안나야.

　나는 인스타그램이나 블로그를 통해 알게 되었지만 얼굴도 모르고 한 번도 보지 못한 사람들에게 선물을 받기도 하고 주기도 한다. 선물을 주고받지 않아도 나는 그들의 결혼과 임신, 출산을 축하해 주고 나 또한 축하받았다. 나는 매일 퇴근길 망원역에서 전단지를 나누어주는 할머니의 전단지를 두세 장 받아 들고 집으로 간다. 이름도 모르는 할머니가 빨리 집으로 돌아가기를 바라기 때문이다. 나는 직장 안에서 항상 한 명의 인간으로 진심을 전달하려 노력한다. 비록 우리가 같은 공간에서 일을 하며 때로는 서로를 힘들게 하기도 하지만 나는 너와 가깝지 않음과 동시에 가까운 사람으로 항상 너를 응원하고 너의 현재와 미래가 밝기를 바란다는 마음을 보낸다. 카페 사장님에게도 마찬가지다. 같은 마음으로 선물을 드렸다. 사람을 기분 좋게 하는 선물은 다름 아닌 나의 기쁨을 함께 기뻐해 주고 나의 슬픔을 함께 슬퍼해 주는, 단지 나를 알아주는 사람들의 존재다. '나'라는 개인을 조건 없이 좋아해 주거나, 서로 기분 좋은 긍정적인 관계로 함께 세상을 살아가며, 하루를 보내는 데 도움을 주는 존재가 되고 있다는 사실을 깨닫는 자체가 선물이다. 인간은 관계가 특정하게 결정되어 있지 않더라도 누군가의 행복을 위해 행동을 할 수 있기 때문에 훌륭한 존재인 것이다. 조건 없는 애정과 사랑을 준다는 것, 그것이 바로 내가 바라보는 '인간'이라는 선물이다.

우리 안나가 이해관계가 없는 사람들에게도 미소를 짓고 좋은 말을 해주고, 진심이 담긴 선물이나 마음을 전달할 수 있는 사람이 되었으면 한다. 우리는 인간으로서 가깝거나 혹은 가깝지 않거나 사랑을 전달할 수 있어야 한다고 말했을 때 안나가 그 의미를 알게 되었으면 한다. 우리가 너를 사랑한 것처럼 너도 세상을 사랑할 수 있게 되기를 바란다.

미지의 불안, 예고된 행복

이제 아내는 임신 22주 차가 되었다. 배는 점점 불러오고 몸을 가누기 힘들어한다. 가끔 쇼츠(short)들을 생각 없이 보고 있으면, 많은 사람들이 임신 후기에 주의해야 할 사항, 임신에 대해 알아야 하는 사항, 아이가 돌이 되기 전 알아야 할 사항이라며 각자 만들어 올린 영상들이 나온다. 처음에는 나름대로 주의 깊게 봤는데 언제부턴가 과다한 정보라고 느껴져 이제는 그것들을 보지 않는다. 요즘 유행하는 1분 이내의 짧은 영상에는 이유와 근거가 나오지 않는다. 거기에는 해야 하는 행동과 하지 말아야 하는 행동들만 가득하다. 짧은 영상들을 보고 있으면 출처를 알 수 없는 정보들로 머리가 복잡해져 힘들어하는 아내에 대한 염려, 출산 후에 생길 상황에 대한 또 다른 염려들만 커진다.

아내는 임신 초기에 비하면 움직일만한 몸 상태가 되어 종종 걸어서 이동한다. 그리고 자꾸 무언가를 먹고 싶어 한다. 집에서도 갑자기 배가 고프다거나 당이 떨어지는 느낌을 받는다며 무언가를 먹고, 바깥에서도 마찬가지다. 그래서 요즘 아내와 함께 주말에는 디저트를 판매하는 카페를 찾는다. 선선한 바람이 불어오면서 배 속의 안나도 부쩍 자랐다. 부쩍 자란 안나로 인해 아내는 배가 뭉치고, 늘어난 체중으로 놀란 발바닥이 아프다고 신호를 보내기도 한다. 지난주에는 배에 통증이 있어 병원에 다녀왔는데 의사는 그것 또한 자연스러운 증상이기 때문에 참을 수밖에 없다고 말했다.

갑작스러운 통증과 몸의 변화를 토로하는 아내에게 나는 할 수 있는 것이 별로 없다. 간단한 위로의 말들과 함께 아내를 안아주는 정도가 할 수 있는 전부고, 그 외는 오롯이 아내가 견뎌야 하는 몫이다. 나는 아픈 사람의 주체는 많이 되어 봤지만, 아픈 사람을 돌보는 사람으로의 경험은 적은 편이라는 걸 아내의 임신으로 새삼스레 느꼈다. 나 자신이 크게 아프고 통증도 컸던 경험이 있어 오히려 타인의 아픔에 공감하기보다 경험적으로 익숙해져서 그 심각함을 느끼지 못할 때가 더욱 많았다. 만약 내가 높은 공감으로 아내의 통증에 감정적 전이를 받아 힘듦에 크게 공감했다면 그건 그거대로 또 힘들었을 것이다. 내가 아무리 노력해도 아내의 불편함을 느낄 수 없고, 경험할 수 없다. 그래서 부부 사이에 각자 자신의 고통스러움을 토로하며 완전히 이해해 주기를 바라는 건 어찌 보면 불가능한 일이다.

배 속에 있는 아이가 어떻게 지내는지 투시를 할 수 있는 게 아니니 무엇이든 걱정이다. 아이의 첫 태동을 기다릴 때는 태동을 하지 않아 걱정이 많았다. 그러던 중 아빠가 은퇴하는 날 가족끼리 식사를 하는데 집에 혼자 있던 아내에게서 태동을 느꼈다는 메시지를 받았다. 나는 기쁨과 안도의 눈물을 흘렸다. 아내는 자신의 불안과 싸운다. 아이에 대한 불안과 출산에 대한 불안이 함께 있다. 겪어 보지 못한 출산의 영역은 미지로 인한 불안과 간접적 경험으로 인한 불안이 함께 혼재한다. 설렘의 크기만큼 불안의 크기도 커지고, 보이지 않는 아이가 괜찮은지 항상 염려한다. 나는 나대로 아이의 현재에 대한 염려와 아이가 태어난 이후의 삶을 걱정한다. 이 걱정을 완전히 털어버릴 수 있는 방법은 없다. 결국 우리가 할 수 있는 건 병원에 가서 물리적으로 아이의 안전을 확인하거나 그 외의 대비책 등을 강구해 실제적 해결을 하는 것이다. 더불어 부부가 서로 안정할 수 있도록 기쁨과 평화를 공유해 정서적 해결을 하는 것이다. 출산일이 가까워질수록 부부는 작고 큰 행복을 주고받으며 불안한 감정의 크기가 불필요하게 커지지 않도록 노력해야 한다.

혼자 살아가는 것만으로도 어려운 일들이 많다. 둘이 살면 또 다른 어려움이 생기고, 임신을 하면 앞의 어려움들과 섞여 또 다른 어려움들이 생긴다. 하지만 혼자의 어려움과 두 명의 어려움, 세 명의 어려움이 축적되는 건 아니다. 임신 초기에 겪은 어려움들을 지금은 느끼지 못하는 것처럼 혼자 살아갈 때의 어려움과 고통은 이미 기억나지 않는다. 결혼과 임신은 많은 것을 해결해 주는 동시에 경험하지 못한 문제를 안겨준다. 아직 미지의 영역인 출산과 육아도 역시 마찬가지가 아닐까? 하지만 나와 함께하는 상대가 어려움의 대상이 아니라 불안과 염려를 덜어주고 사랑을 전달해 주는 존재라면 우리는 경험해보지 못한 일들에 대한 불안을 예비된 기쁨으로 승화할 수 있다. 오늘은 오늘의 행복이 있고, 나는 오늘의 행복을 찾아 삶을 영위하러 간다. 그리고 이 글을 읽는 이들도 그랬으면 좋겠다.

아이는 좀 어떠니?

얼마 전부터 신경 쓰이는 말이 있다. 부모님과 전화를 할 때 아빠는 "아내는 좀 어떠니?" 하고 물어보는 반면 엄마는 "아이는 좀 어떠니?" 하고 물어보았다. 그 말들이 머리를 맴돌았다. 며느리보다 손주의 안부가 더 중요한 시어머니들의 이야기들이 떠올랐다. 우리 엄마도 별반 다르지 않은 걸까? 그 말을 엄마에게 전할까 생각하다 적당하지 않다고 느껴 마음에만 품었다.

나는 어릴 적에 엄마랑 많이 싸웠다. 다툼의 원인은 주로 말이었다. 나는 엄마가 하는 말들이 뾰족하게 느껴져 불편했다. 엄마에게 그보다 더 좋은 표현이 있지 않냐며 좀 더 부드럽게 말을 해달라 말했지만, 엄마는 아들이 화를 내는 상황 자체가 성립될 수 없다고 여겼다. 우리의 다툼은 해결의 지점이 없었다. 엄마의 뾰족한 언어를 나 또한 뾰족하게 받아쳤다. 엄마와 나 모두 뾰족한 언어를 사용하며 서로를 공격했고, 그 공격의 피해자는 다른 가족들이었다. 아빠는 엄마와 나 사이에서 중재자로서 많은 노력을 했다. 아내와 형은 내가 타인에게는 관대하려고 노력하면서 엄마의 말은 너무 예민하게 받아들이고, 말이 담은 의미를 너무 과도하게 해석하거나 불편한 지점을 찾는 것 같다고 말했다. 맞는 말이다.

아이의 다운증후군 고위험군 판정 사건을 겪으며 아이가 아플 때 느끼는 부모의 마음을 처음으로 알았다. 줄곧 아프게 살아온 아들을 보는 엄마의 심정이 어땠을까? 상담 선생님은 다른 사람의 마음은 그렇게 잘 알아주려고 노력하면서 왜 엄마의 마음은 알아주려고 하지 않느냐고 물었다. 내가 할 수 있는 대답은 "그러게요. 잘 모르겠습니다." 밖에 없었다.

엄마는 아직도 나와 전화를 하면 아픈 곳은 없는지, 요즘 건강은 어떤지 물어본다. 습관적으로 물어보는 말이 아니다. 진심으로 염려가 되어 하는 말이다. 습관적으로 대답하는 건 오히려 내 쪽이다. 나는 엄마의 질문을 대수

롭지 않게 넘기며 '괜찮고 별일 없다'고 대답한다. 나는 태어날 때부터 서른아홉이 된 지금까지도 엄마에게 아픈 아들이다. 우리 엄마는 아픈 아들을 키우는 엄마의 역할에서 벗어나지 못한 채 살아가고 있는 것이다. 몸이 아픈 아들을 보며 엄마는 마음을 놓으며 살지 못한다. 엄마는 긴장 상태가 지속되어 부드럽게 말을 하지 못하고 나는 엄마의 그 말에 과민하게 반응해 엄마를 압박한다. 엄마는 정신건강의학과에서 처방해 준 불안증 약을 복용하고, 한 달에 한 번씩 정기적으로 상담을 받으러 가는 아들을 완벽히 이해할 수 없다. 다만 엄마가 할 수 있는 건 아들을 걱정하는 일, 그것뿐이다. 아들을 보며 늘 불안정한 엄마가 아들에게 할 수 있는 말은 그렇게 여유롭지 못하다. 나에게 말을 하기 전 엄마는 얼마나 많은 고민을 할까? 이 말을 하면 승훈이가 기분 나빠하지 않을까? 이 말을 하면 괜찮을까? 이 말은 문제가 없을까? 그래서 엄마는 그 말들을 삼키고 나에게 말을 한다. "아이는 좀 어떠니? 괜찮대? 별일 없지?"

아이가 괜찮냐는 엄마의 질문에는 아들에 대한 걱정과 며느리에 대한 염려, 우리 두 사람이 잘 살고 있는지에 대한 궁금증까지 축약되어 있었다. 아이 이야기를 하면 아들 부부와 조금 더 가까워질 수 있겠지, 아들이 기분 나쁘지 않게 말을 할 수 있겠지, 하는 마음을 담아 엄마는 나에게 말을 건네는 것이다. 너무나 당연한 엄마의 언어를 나는 여태까지 모르며 살아왔다. 타인의 마음을 이해하려고 그렇게 노력해 왔으면서 엄마의 마음을 이해할 생각을 하지 않았던 나를 뭐라고 해야 할까. 나는 왜 이렇게 아무것도 모른 채 엄마의 아들로 살아왔을까. 나는 왜 엄마의 언어에 맞추어 대화를 할 의지를 갖지 않고 늘 나의 언어로만 엄마와 대화하려 했을까.

　부모의 마음은 부모가 되어봐야 안다. 이제 '아내는 좀 어떠니?', '아이는 좀 어떠니?'라는 문장에 더 이상 마음을 두지 않는다. 그리고 엄마의 마음을 이제야 조금이나마 알게 되었다. 더불어 내가 엄마와 아빠를 닮은 좋은 부모가 되겠다는 다짐도 넣는다. 그리고 미안하다고, 많이 사랑한다고, 아이가 태어나면 모든 가족들의 사랑을 담아 앞으로 더 잘 지내자고 조심스럽게 말을 건네본다.

취향이 사라지더라도

초등학교에 들어가기 전, 축구화가 가지고 싶었던 나는 엄마에게 축구화를 사달라고 졸랐다. 어렵게 축구화를 갖게 된 나는 초등학교 1학년 때 친구들의 기대를 한 몸에 받으며 운동장에 입장했다. 그러나 경기가 시작됨과 동시에 나는 운동 재능이 없다는 걸 모두에게 알렸다. 나도 내가 그 정도로 운동신경이 없는 걸 그날 처음으로 알았다. 만약 내가 운동에 재능이 있고, 축구화를 가지고 싶었던 것만큼 축구 실력도 있었다면 나는 지금과 많이 다른 사람이 되었을 것이다.

내 취향이 책을 읽고, 음악을 듣고, 만화를 보고, 영화를 보고, 글을 쓰고, 그림을 찾아보는 사람이 된 건 어찌 보면 너무 당연한 일이었다. 운동 능력이나 몸을 사용하는 남자아이들의 보편적인 영역에서 남들과 비슷한 수준으로 활동을 할 능력이 나에게는 없기 때문이다. 다른 사람만큼 몸을 능숙하게 사용하지 못하는 나는 앉아서 머리를 사용하는 게 더 편하고 좋았다. 늘 무언가를 읽고 보고 쓰는 나의 취향도 역시 타고난 것과 축적되어 만들어진 것의 혼합이겠지만 나 자신은 이 영역에서 나름대로 경쟁력이 있다고 느꼈던 것 같다. 물론 좀 더 감각적인 글쓰기와 창의적인 예술의 표현을 능숙하게 하기를 바라는 마음도 있었다.

구기 운동이나 게임을 하지 않는 나의 생활을 재미없게 바라보는 사람들이 많았다. 지금이야 다들 각자의 취향과 취미의 영역을 존중해 주는 세상이지만 그때는 그런 사람들이 많지 않았다. 천재적인 재능으로 작품을 만들어내는 예술가형 인간이었다면 오히려 좀 더 높게 평가받을 수 있었을 테지만 나의 재능과 영역은 애매했다. 그래도 나에게 있어 책과 글, 영화는 마지막까지 남은 취향이자 나를 구별하는 특징적 요소라 볼 수 있다.

아내와도 글을 쓰다 만났다. 아내가 친구들 세 명과 발행하던 뉴스레터에 글을 의뢰받아 참여하게 되었고, 그

인연으로 우리는 결혼까지 하게 되었다. 나는 보통 한 달에 7~8권의 책을 읽었다. 매달 7~8권의 책을 사는 데는 꽤 많은 돈이 들어가지만 그 돈을 아까워하지는 않았다. 독서란 읽음과 동시에 수집을 하는 영역이라고 생각하기 때문이다. 나는 읽고 본 것을 기록하는 습관이 있는데 지난해(2022년)에는 77권의 책을 읽었고 92편의 영화를 봤다. 그중 상당수를 극장에서 보았다. 영화를 보는 데에도 꽤 많은 돈을 지출했다. 나의 지출 대부분은 책과 영화, 옷이었다. 나의 삶은 나의 취향과 떨어뜨려서 설명할 수 없다.

부부의 지출 주요 영역은 모두 다를 것이다. 부부 두 사람이라면 어느 정도는 미혼과 유사한 삶의 형태를 유지할 수 있을 것이다. 그건 우리 부부도 마찬가지였다. 우리 부부는 서로의 취향을 고려해 우리 공간을 완성도 있게 만들려고 노력했다. 집의 기능적인 역할도 중요하지만, 우리의 취향에 걸맞은 인테리어와 디자인으로 구성되어 있기를 바랐다.

하지만 아이를 임신한 순간부터 취향에 따른 생활에 실용성과 활용성이 끼어든다. 아이가 태어난다는 건 경제적으로 영향을 주는 실제적인 요소임과 동시에 모든 영역이 예측 불가능한 상황에 놓이게 되는 것이다. 이를 보완하는 건 선구자, 즉 먼저 아이를 낳아 기른 사람들의 경험에 따른 보편적이면서 효과가 검증된 육아 보조 기구를 사용하고 육아법을 따르는 일이다. 아이를 임신한 부부는 미지의 영역에 의한 위험도를 줄이기 위해 이미 효과가 검증된 보편적인 무취향의 영역으로 들어간다. 서로 잘 모르는 아이와 부모가 만나 함께하는 데 나의 취향은 중요하지 않다. 아이의 개성은 앞으로 경험하고 체험해야 알 수 있는 대목이니 미리 준비할 수 없고, 임신한 부부가 할 수 있는 건 보편적인 몰개성의 영역으로 미래를 대비하는 일뿐이다. 즉 임신의 과정과 출산의 준비란 '취향 없음'으로 나를 몰아넣는 일이다. 나의 개성과 취향에 따라 많은 책을 사고, 극장에서 영화를 보고, 옷을 여러 벌 사는 행위는 지금 나에게 과소비를 촉진하는 일, 그이상의 의미는 없다.

결혼을 하기 전 구입한 미술 작품들은 지금도 우리 집 벽과 책장에서 나의 미학 욕구를 충족시켜 준다. 하지만 이제는 보편적이면서 미학적이지 않은 아기용품들이 집을 채우고 있다. 아이가 태어나면 가장 먼저 사라질 공간은 나의 '서재'다. 지금 우리 집에서 가장 넓은 공간이 서재이기 때문에 그 공간을 아이를 위해 사용하지 않을 수 없다. 아이가 태어나면 취향의 유지보다 보편성과 선구자들의 지혜로움에 의지하게 될 것이다. 안나도 시간이 지나면 티니핑을 좋아하고, 캐릭터 인형을 사 달라고 조를 것이다. 자기 마음에 드는 옷을 입고 춤을 추며, 그 옷을 입지 못하게 하면 나가지 않겠다며 울고불고 소리를 지르는 걸 내 눈으로 직접 볼 수 있을 것이다. 나는 어떤 아빠가 되고 아내는 어떤 엄마가 될까? 지금으로서는 전혀 예상할 수 없다. 내 아이가 어떻게 생겼을지도 모르는데 무엇을 알고 대비할 수 있을까?

안나에게도 언젠가 나의 어린 시절처럼 취향을 탐색하고 형성하는 시기가 올 것이다. 우리 아이의 취향이 어떨지 알 수 없다. 나와 아내가 책 읽기를 좋아한다고 아이도 자연스럽게 책을 읽을 거라 아무도 장담할 수 없다. 오히려 많은 책들에 질려서 '나는 절대 책을 읽지 않겠다' 다짐할 수도 있다. (혹여 아빠가 출간한 이 책도 읽어보지 않을 수도 있다.) 다만 내가 할 수 있는 건 우리의 선택을 흥미롭게 지켜보고 취향이 사라져감에도 나의 마음이 어디까지 즐겁고 행복할 수 있는지 관찰하는 것뿐이다. 미래의 내가 언젠가 나를 잃어버렸다고 확신하는 지점이 온다면 지금 떠오르는 이 생각들이 '취향 없음'으로 변한 나의 취향의 당위성을 부여해주지 않을까? 오랫동안 나를 지탱해 준 글쓰기가 나의 행복을 보완해 줄 거라 믿는다.

태동, 충만한 생명 활동

아내는 23주차 임산부가 되었다. 요즘 아내는 '안나의 태동 느끼기'를 취미 생활로 하고 있다. 입덧이 끝나 음식은 자유롭게 먹지만 몸은 더 무거워졌다. 어제 아내는 걷다가 무릎이 아프다고 했다. 체중이 갑작스럽게 늘어 무릎에 과부하가 온 것이다. 똑바로 누워 있는 것도 쉽지 않다. 똑바로 누워 있으면 배에 상당한 압박을 느낀다. 아이가 커지면서 공간을 많이 차지해 갈비뼈에도 통증이 생긴다. 아내는 누워 있다가 아! 하고 소리를 내기도 한다. 다리 통증과 붓기, 배 뭉침으로 인한 임신 중기의 통증들은 임신 초기 입덧으로 인해 음식을 먹지 못하고 어지럼증과 울렁거림이 항상 있는 (마치 치료가 필요한 듯 느껴지는) 증상들과는 다르다. 아픔으로 인한 힘듦이나 고통이라기보다 생활에서 느끼는 불편함에 가깝다고 할 수 있다.

그래도 임신 중기에는 아이의 움직임, 즉 태동을 직접 느낄 수 있는 기쁨이 크다. 아내의 부푼 배에 손을 대고 있으면 아이의 태동을 느낄 수 있다. 하지만 아이가 자라면서 느껴지는 움직임은 임산부 본인이 아니면 알 수 없다. 임산부에게 태동은 아이와 엄마 둘만의 세계에서 벌어지는 일이다. 태동은 아이의 삶과 엄마의 삶이 직접적으로 연결되어 있고, 임신의 힘듦을 견디는 원동력이 된다. 또한 태동은 아이 건강을 확인할 수 있는 바로미터다. 아이가 태동을 하지 않으면 문제가 생긴 건 아닌지 염려하게 된다. 그래서 태동은 아이의 생명을 직접적으로 느낄 수 있는 기쁨인 동시에 마음의 안정을 얻을 수 있는 아이의 충만한 생명 활동이다.

'안나'의 태동은 주로 저녁에 아내가 누웠을 때 많이 느껴지는데 대략 밤 9시부터 11시 사이 정도에 활발하다. 아내와 나는 하루를 정리하고 안나의 움직임을 느끼며 태담을 나누는 것을 일과로 삼는다. 우리 부부는 딱히 태교를 위한 특별한 행동들을 하지는 않는다. 그냥 우리가 하루하루를 즐겁게 살고, 서로 사이가 좋으면 그게 아이가 직접 느낄 수 있는 기쁨과 행복이라 믿는다. 남들에게는 별것 아니더라도 둘 사이에 통하는 유머가 있고, 그 유머가 관계를 부드럽게 해준다면 그걸로 충분히 좋다. 웃음은 크고 작은 문제들을 문제가 아니게 해주고, 관계의 여유를 만들어 부부가 서로에게 잘해 주고자 하는 마음을 갖도록 해준다. 서로 즐겁고 둘 사이에 웃음이 있으면 문제는 이미 문제로서의 힘을 발휘하지 못한다. 나는 태교라는 것도 부부의 관계적 즐거움의 연장선에 있다고 본다. 그런 의미에서 우리에게 태동을 통한 대화는 세 명의 가족이 될 준비이자 태교다.

하지만 이를 바꿔 말하면 태동이 줄어들게 되었을 때 태동을 직접 느낄 수 있는 엄마의 불안과 걱정은 엄청나게 커진다. 태아마다 태동의 정도와 시간은 꽤 다르다. 우리 엄마는 형과 달리 내가 배 속에서 잘 움직이지 않아 여자아이라 예상했다. 임신 중기부터 많이 움직이는 아이들도 있고 시간이 더 지나서 움직이는 아이들도 있다. 태동이 없는 임신 초기와는 달리 태동을 느끼고 난 이후에는 아이의 건강과 직접적으로 연관시켜 바라볼 수밖에 없다. 의사도 태동이 중요하다 말을 하고, 아이의 움직임이 잘 느껴지지 않는다거나 변화가 생기면 진료를 받으라고 권장한다. 아이에게 문제가 생길 확률이 낮은 것만으로는 안심할 수 없다. 문제의 당사자가 우리가 되지 않는다는 보장은 어디에도 없다. 그러니 아이의 움직임 변화에 예민하게 반응하는 게 당연한 일이다.

나는 아내가 배를 만지며 안나의 이름을 부르고, 안나에게 말을 거는 모습을 지켜보는 걸 좋아한다. 내가 안심할 수 있는 사랑스러운 풍경이기 때문이다. 종종 안나가 잘 있는지 궁금한 순간이 있다. 안나의 태동이 느껴지는지 알고 싶지만 괜히 아내의 염려가 커질까 우려되어 잘 묻지 않는다. 어젯밤에는 안나가 평소 움직이는 시간에도 움직이지 않았다. 아내가 걱정되는 목소리로 자꾸 안나를 부르며 말을 걸었지만 안나는 응답하지 않았다. 나도 걱정이 점점 커져 아내의 배 위에 가만히 손을 올리고 기다렸지만 여전히 응답이 없었다. 이럴 때는 아내를 안아 주고 걱정하지 말라고 다독여 주는 것밖에는 방법이 없다. 어느 엄마와 아빠나 이렇게 배 속에 있는 아이를 걱정한다.

다행히 안나는 평소 움직이는 시간을 한참 지나서야 움직이기 시작했다. 아내의 배를 뻥뻥 차고 활발하게 움직이는 걸 느끼고 나서야 우리는 마음을 놓았다. 아이를 걱정하는 마음은 아이가 태어난 후에 생기는 게 아니라는 것을 아내의 임신으로 알게 되었다. 보이지 않는 아이의 존재는 늘 걱정과 근심을 하게 하고 동시에 그만큼의 기쁨과 행복을 안겨 준다. 아이를 배에 품고 있는 40주의 모든 순간이 삶의 축약 같다. 농도 짙은 걱정과 농도 짙은 기쁨이 있다. 보이지 않는 아이와 함께하는 동안 부부는 염려하고 기뻐하고 준비하는 것 외에 할 수 있는 게 많지 않다. 하지만 이 무력함은 인간으로서, 부모로서 우리가 할 수 있는 게 없다는 무력감보다는 아이의 존재를 깨닫게 하는 기쁨이 된다. 태동이 주는 기쁨과 슬픔은 삶이 주는 기쁨과 슬픔과 꽤 닮아있다.

나는 아직 아빠가 아니다

아내와 나는 여름에 만났다. 여름을 떠올리면 연애를 하기 전 아내와 자주 갔던 안국역의 풍경과 무덥고 뜨거웠던 날, 그리고 그날 느낀 약간의 수줍음과 설렘의 기억이 떠오른다. 일 년이 지난 올여름은 배 속의 아이와 함께 보내고 있다. 아내의 입덧과 임신 초기 증상들로 어려움도 있었지만 안나와 함께한 여름은 우리 부부에게 또 다른 설렘이 되었다. 여름이 아직 떠나지 못한 듯 9월에도 더운 날씨가 지속되는 가운데 추석 연휴가 시작되었다. 이번 추석은 부부 둘이서 보내는 첫 명절이자 마지막 명절이다. 내년 설은 태어난 아이와 셋이서 맞이한다.

어릴 적 명절은 친가나 외가에 친척이 모두 모여 얼

굴을 보고 할아버지와 할머니께 인사를 드리는 날이었다. 할아버지와 할머니가 모두 돌아가시고 난 후에는 친가 식구끼리는 만날 일이 거의 없었다. 외가 식구들은 외할머니 생신 때 뵙고, 가끔 외할머니를 뵈러 가는 정도였다. 이제 자식들이 성장해서 각자의 가정에서 명절을 보낸다. 나도 이제 아내와 함께 명절에 부모님을 뵈러 간다. 우리 부부는 마포구에 살고 나의 부모님은 노원구, 아내의 부모님은 강서구에 살고 계신다. 모두 서울에 살고 있지만 결혼을 하고 명절에 부모님을 따로 뵈러 간다는 사실이 꽤 낯설게 느껴졌다.

친가 할머니 댁에 가지 않게 된 후로 우리 집은 늘 우리 가족끼리 명절을 보냈다. 명절에는 가족이 모여 점심을 먹고 집 앞 카페에서 커피를 사와 함께 마시며 담소를 나누고, 준비해 온 용돈을 부모님께 드린다. 그러고 나면 형은 한숨 자고 나는 휴대폰을 하거나 다른 방에서 책을 읽는다. 이게 우리 가족이 보내는 추석 풍경이었다. 이번 추석 때는 어떨지 궁금했다.

추석 당일이 되어 아내와 함께 부모님을 뵈러 갔다. 아직 우리 집이 편하지 않은 아내에게는 어색함이 느껴졌다. 마찬가지로 아내와 함께 집에 오는 둘째 아들이 어색한 엄마는 정성이 가득 담긴 수많은 명절 음식을 차려 놓고 우리를 환영해 주었다. 또 아내가 불편하지 않게 최대한의 환대를 해주었다. 엄마의 환영 속에는 세심한 노력이 담겨있었다. 엄마는 좀 더 따뜻한 가족이 되었으면 하고 바랄 테지만 결혼이란 사실 잘 알지 못하는 사람끼리 만나는 일이기 때문에 그렇게 쉽게 따뜻한 가족이 될 수는 없다. 오랫동안 함께해 온 가족끼리도 사이좋게 지내는 건 어려운 일이다. 엄마는 엄마 나름대로 자신이 겪어 온 삶에서 가장 좋은 방식으로 며느리를 환대했다. 그렇게 우리 가족은 처음 맞는 어색한 명절을 보냈다.

아내와 나는 길이 막히지 않는 시간에 천천히 출발할 심산으로 부모님 집에서 저녁까지 먹었다. 아빠는 저녁을 드시면서 형이 태어나는 걸 보며 가슴 한쪽이 '쿵' 하고 떨어지는 걸 느꼈다고 했다. 그리고 둘째 아들인 내가 태어나는 걸 보며 나머지 한 쪽 가슴이 '쿵' 하고 떨어졌다고 했다. 아빠에게 나도 그 감정을 깨닫고 있다고 말을 했더니 아빠는 지금 느끼는 건 가짜라며 나중에 아이가 태어나야 그 심정을 제대로 알 수 있다고 말했다. 아빠가 책임감을 갖고 끈질기고 성실하게 일을 하게 된 계기는 자식의 존재였다. 나는 아직 어른이 아니라고 느낀다. 아이가 태어나면 내가 어른이 되었다고 느낄까? 아마 그렇지는 않을 것이다.

어느새 칠십이 넘어가는 엄마와 아빠의 모습을 보며 부모님이 이제서야 할아버지와 할머니가 되어 자신이 쌓아온 정신적 유산들을 물려주고 있다고 느낀다. 엄마의 환대와 아빠의 책임감이라는 유산을 이해하려면 더 오랜 시간이 걸릴 것이다. 나는 아직 어른이 아니니까. 가슴이 '쿵' 하고 떨어지는 날이 올 때까지 나는 아직 아빠가 아니니까.

아내의 임신과 함께
늘어나는 염려들

　나는 태어난 직후에 심한 황달로 청주에서 서울로 올라와 인큐베이터에서 치료를 받았다. 그 후에도 몸이 약해 곧잘 아팠다. 어릴 적에는 몸이 약한 데다 천식이 심해 놀이터에서 뛰어놀았던 기억이 거의 없다. 그래서 친구들과 함께 뛰어노는 일은 내가 할 수 없는 것 중 하나였다. 감기는 거의 매일 달고 살았고, 호흡기 질환인 천식은 금방 악화되었다. 초등학교를 다닐 때부터는 혼자서 건강보험증을 들고 병원에 가서 진료를 봤다. 천식은 눈에 보이는 병이 아니어서 그냥 엄살을 부리거나 의지가 약한 것처럼 보이기 쉬웠다. 뛰지 못하는 나는 몸이 나빠지지 않도록 평상시에도 많은 주의가 필요했다. 그래서 체육 시간에 혼자 앉아 있으면 부끄러운 마음을 감출 수 없었다. 특히 체력장에서 오래달리기를 하면 모두가 뛸 때 혼자 앉아 있는데 같은 반 아이들이 달리면서 흘깃흘깃 나를 쳐다보는 게 싫었다.

커서도 몸이 약한 건 마찬가지였다. 고등학생 즈음 조금 좋아졌던 천식은 스무 살이 지나 다시 악화 되었고, 치료를 위해 입원을 하기도 했다. 입대를 위한 신체검사에서는 천식으로 3급이 나왔고 나는 군대에서 처치 곤란의 병사가 되었다. 뛸수록 기관지와 폐 상태가 나빠지는데 뛰지 않으면 욕을 먹었다. 그래서 억지로 뛰었더니 천식이 악화되어 두 번 가량 입원을 했다. 내가 생각해도 나는 군대에서 쓸모 있는 사람이 아니었다.

스물여섯이 되었을 때는 암 3기 판정을 받았는데 완치율이 꽤 높았기 때문에 일 년이 조금 더 지났을 때 치료가 끝났다. 하지만 육체적인 체력과 정신적인 건강의 회복이 필요했다. 30대 중반이 되자 천식은 간헐적으로 나를 힘들게 할 뿐 일상에서의 지장은 없었다. 아직도 습관적으로 벤톨린[3]을 가지고 다니지만 매일 뿌리던 세레타이드[4]와 같은 약들을 이제는 사용하지 않게 되었다. 불안증과 같은 정신적인 병력들을 제외하고서라도 나는 아픈 삶을 사는 데 너무 익숙했다. 알레르기, 요로 결석이나 길버트 증후군[5] 등 자잘한 것까지 따지면 정말 한도 끝도 없다. 만약 내가 임신을 했다면 아이에게 좋지 않을 건강 요소들이 많지 않았을까?

투병으로 인한 정신적 요소들을 제외하면 오히려 아픈 나를 의식하며 살아온 적이 별로 없다. 약한 몸을 가지고 태어나 살아온 경험은 생각보다 인간이 쉽게 죽지 않는다는 걸 깨닫게 한다. 큰 통증을 참아온 경험들로 인해 통증을 참고 버티는 게 그다지 어렵지 않았다. 또 나의 건강 상태를 익히 알고 있기 때문에 일상생활을 위해 체력이 닳거나 기운이 빠지지 않도록 관리해 왔다.

요즘은 아내와 배 속의 아이에 대해 염려하다 보니 내가 건강해야 한다는 것을 과도하게 의식하게 되었다. 어떤 형태로든 짐이 되면 안 된다는 걱정이 강하게 박혔다. 혹여나 성인병인 당뇨가 생기지는 않을까 나에게 있는 몇 가지 증상들을 따져보며 의심했다. 또 유전적 요인이 있을 수도 있다고 의심하며 아빠와 엄마에게 우리 집안에 당뇨가 있는 사람이 있나 물어보기도 했다. 하지만 한 번 든 의심은 쉬이 가라앉지 않았고, 결국 나는 아내의 임신성 당뇨 검사를 핑계 삼아 혈당 측정기를 구매했다. 혈당 측정기로 공복 혈당을 측정하고 결과를 확인하는 게 왜 그렇게 긴장되던지. 근거도 미약하고 증상도 없는 나의 건강에 대한 염려는 이미 커다란 걱정덩어리가 되었다. 저녁에 한 번, 다음 날 아침에 한 번, 그렇게 두 번의 혈당 수치가 정상인 것을 확인하고 나서야 지금 내 마음이 정상이 아니라는 걸 깨달았다.

나의 건강이 오로지 나에게만 해당되는 것이었을 때는 오히려 나의 건강에서 벗어난 사고를 할 수 있었다. 어차피 아프고 힘든 건 부지기수였으니 특별할 게 없었고, 꾸준히 검사하고 확인하면 감당하기 힘들 정도의 나쁜 일들이 겹쳐서 생기지 않는다는 통계적 사실을 나 자신에게 대입했다. 하지만 결혼과 아내의 임신으로 나는 발생할 수도 또는 발생하지 않을 수도 있는 모든 문제들을 걱정하게 되었다. 어렵게 마련한 집도 너무 좁은 것처럼, 나의 월급도 너무 적은 것처럼, 나의 건강은 너무나 치명적인 요소인 것처럼 느껴졌다. 만일 내가 일을 하지 못하는 상태가 된다면 그로 인해 벌어지는 일들을 어떻게 해결할 수 있을지 막막하기만 했다. 아직 벌어지지 않은 일들이 나의 사고를 지배했다. 나의 시간은 현재에 존재하지 않은 상태로 아이는 초등학생이 되고, 고등학생이 되고,

대학에 입학하고, 결혼을 했다. 내 상상 속 아이는 나로 인해 부족하고 문제이기만 했다. 상상 속 아이는 나에게 좋은 말을 해주지 않았다. 이 상상은 나의 염려증이 사건의 형태로 발화한 것이다. 상상은 상상일 뿐이라는 걸 알고 있어도 큰 의미가 없었다. 수많은 염려들은 사고의 한쪽에 침잠해 있다가도 어느 순간 갑자기 수면 위로 드러난다.

나의 병약함이 괜찮았던 건 나 혼자만의 영역에 지나지 않았기 때문이다. 내가 나의 건강과 나의 삶을 책임지는데 무슨 일이건 생기면 어떠냐 싶었는데 결혼을 하고 나니 오히려 문제점으로 작용했다. 염려증에서 벗어나 마음을 안정시키기 위해서는 실제로 나의 건강에 이상이 없다는 사실을 증명하거나, 나의 건강이 안정적으로 관리되고 있다는 근거가 필요하다. 하지만 나의 건강은 줄곧 크고 작은 이상이 있어 왔기 때문에 안심이 되지 않았다. 결국 나의 건강이 안정적으로 관리되고 있다는 사실을 확인해야 하는 나는, 확인되지 않은 나의 건강 상태를 눈으로 직접 봐야만 안정할 수 있는 사람이 되었다. 나의 걱정과 염려가 너무 많다는 걸 나도 잘 안다. 하지만 내가 이런 사람인 걸 어쩌겠는가. 나는 이 문제에 대한 해답이 필요하고, 그 답은 아직 찾지 못했다. 아이를 직접 눈으로 보지 않았기 때문에 걱정하는 걸지도 모른다. 생각과 생각의 불필요한 연결이 염려를 만들어 낸다. 나의 건강과 아이의 건강은 연결이 되어 있는 듯 보이지만 사실 각기 별개로 존재하는 영역이다. 이 사실을 계속 나에게 주지시켜야 한다. 아직 잘 모르는 나의 염려가 또 다른 불필요한 염려를 낳지 않게 되기를 바란다.

평범하지만 위대한 사람

구스 반 산토 감독의 1998년작 <굿 윌 헌팅>을 보면 주인공인 윌(맷 데이먼 분)은 천재지만 학대로 인한 트라우마로 관계가 깊어지는 것에 큰 두려움을 가진다. 윌은 지식을 통해 방어를 세우는 형태로 방어기제가 구성되어 반항적이고 거칠게 삶을 살아왔다. "It's not your fault(네 잘못이 아니다)."라는 말로 대변되는 <굿 윌 헌팅>은 천재에게도 치유해야 하는 상처들이 있고, 그 상처의 극복을 통해 조금 더 행복하고 진정한 자기 자신에 가까운 사람이 된다는 메시지가 담겨있다. 로버트 저메키스 감독의 1994년작 <포레스트 검프>의 주인공 포레스트 검프도 마찬가지다. 그는 경계선 장애와 불편한 다리를 가지고 태어났지만 태생적 장애를 뛰어넘은 그야말로 인간 극복의 상징과도 같은 인물이다. 그는 모자란 사람처럼 느껴지지만 꾸준한 노력과 끈기에서는 누구보다 뛰어난 천재이자 운까지 좋은 사람이다. 그가 사랑하는 제니는 그에게 행복과 불행을 동시에 주었지만 (그건 포레스트 검프 외의 인물의 기준일 뿐) 포레스트 검프에게 제니는 영원한 사랑이자 신이다. 우리는 이와 같이 주인공이 위기와 장애를 극복해 뛰어난 사람으로 다시 태어나는 모습을 보며 카타르시스를 느낀다.

하지만 현실의 삶에서 우리는 다양한 위기와 장애를 극복하고 진정한 자기 자신, 진정한 행복의 카타르시스를 느끼는 경우가 별로 없다. 일라이 클레어는《망명과 자긍심》(1999)에서 뇌성마비 장애인이자 퀴어 페미니스트로서 소수자의 운동이 또 다른 소수자를 배척하거나 누군가가 애정을 담은 공간이나 사람들을 비난하는 일들이 흔하게 일어나는 걸 비판한다. 그리고 일라이 클레어는 장애를 가진 사람들이 '장애를 극복하고 뛰어난 사람이자 영웅이 되어야 한다'는 압박감을 벗어나야 한다고 말한다. 장애는 꼭 극복해야 하는 것이 아니다. 나는 그저 한 명의 보통 인간으로 세상을 살아가는 것이다. 나 또한 암을 극복한 사람들의 책을 읽으며 비슷한 압박감을 느낀다. 술라이커 저우아드는 《엉망인 채 완전한 축제》(2021)에서 생존율 35%의 백혈병을 이겨내고 글쓰기와 더불어 길고 긴 자동차 여행에 성공한다. 그녀는 힘든 시간을 이겨내고 본인의 인생을 회복해 앞으로 나아갔다. 하지만 나는 그 책을 읽으며 생존율이 높은 암에 걸렸던 것을 생각했다. (여섯 번의 항암치료와 재발 후 한 번의 수술로 완치했음에도 오랫동안 힘들어하고 있다는 것에 큰 자괴감을 느꼈다. 그래서 나는 35%의 생존율을 이겨냈으면 65점만큼의 고통이 있고, 90%의 생존율을 이겨냈으면 10점만큼의 고통을 겪어야 하는 것일까에 대한 심정을 글로 쓰기도 했다.) 내가 겪은 병이 특별한 것이 아님에도 길고 긴 12년 동안 유난스럽게 자신의 상처만 바라보는 게 절망적일 정도로 싫었다. 무엇보다 견디기 어려운 건 나 스스로 '내가 지금 힘든 척을 하고 있는 걸까?'라는 의심을 하는 일이었다.

존 윌리엄스의 《스토너》(1965)는 출간된 지 50년 만에 주목을 받아 독자들에게 널리 읽히고 있다. 소설 속 주인공인 스토너가 어디에서나 볼 수 있는 너무나 평범한 사람이라는 게 새롭게 해석되어 오늘날 책이 재평가되었다. 스토너는 조용하고 인내하며 자기가 하는 일에 보람과 행복감을 느낀다. 몇 년 전 《스토너》를 처음 읽었을 때 나는 이 소설이 가진 특별한 매력에 심취했다. 이 책이 세상에 존재하는 모든 평범한 한 명, 한 명에게 인생을 돌아보며 느낄 수 있는 순간의 영광들을 알려줄 수 있다고 느꼈다. 그리고 이번에 다시 읽은 《스토너》에서는 뜻밖에도 스토너의 부모가 눈에 띄었다. 힘들여 보낸 대학에서 스토너가 농업이 아닌 영문학을 배우며 이제 집에 돌아가지 않겠다는 선언에 스토너의 부모는 한마디 원망이나 화를 내지 않았다. 오히려 "네 생각에 꼭 여기 남아서 공부를 해야겠거든 그렇게 해야지. 네 어머니랑 나는 어떻게든 해나갈 수 있다."는 말을 건넨 스토너의 아버지, 소리도 없이 마음속으로 울었던 스토너 어머니의 마음 때문에 더 와닿았다. '어떻게든 해나갈 수 있다'는 건 아들에게 하는 말이 아닌 자기 자신에게 다짐을 하며 하는 말일 것이다.

책과 영화의 주인공들처럼 현실에서도 뚜렷한 족적을 남기고 세상의 풍파에도 멀쩡하게 살아남아 자신의 꿈을 이루기는 쉽지 않다. 세상에 족적을 남기고 싶지 않았던 사람이 어디 있을까? 시간이 지나고 보면 나의 족적은 포

부만큼 크지 않다는 것을 깨닫는다. 나의 미래 또한 크게 다를 게 없다고 느껴지는 순간이 있다. 내가 그렇게 특별하지 않은 너무나 평범한 보통의 사람이고, 때로는 보통의 사람조차 되지 못한 채 세상을 살아가야 한다는 것을 깨닫는 순간들 말이다.

　나는 지금도 평범하고 앞으로도 평범할 것이다. 나의 평범함이 가지는 세상에 대한 긍정과 행복이 곧 태어날 딸에게도 닿아 그녀가 자신의 평범과 비범에 상관없이 스스로의 행복을 찾아나가는 삶을 살 수 있게 되기를, 나보다 좀 더 빛나는 삶을 살 수 있기를 바란다. 그리고 나 또한 나의 평범함과 못남을 그대로 사랑하기를 바란다.

타인의 출중함이 주는 즐거움

글을 쓰는 시선은 자기가 세상을 바라보는 시선이다. 나는 항상 무언가를 보고 읽고 분석하고 파악하려는 시도를 한다. 사람들은 왜 이 상황에서 이 행동을 하는지, 이 사람은 어떠한 사고와 기준으로 행위를 하는지, 왜 이런 말을 하는지, 이 행동이 어떤 의미가 있는지를 고민한다. 누군가와 대화를 할 때도 그 안에 들어 있는 정보나 삶의 힌트, 내가 모르는 것을 새롭게 깨달을 수 있는 사유들을 발견하고자 한다. 그래서 나의 글들은 주로 분석적이거나 관념적이다. 나는 내 머릿속에서 만들어진 하나의 세계를 통해 세상을 읽어나간다. 사람들마다 상황을 해석하는 건 너무 다르다. 같은 커피잔을 보더라도 누군가는 커피의 종류와 맛을 떠올리고, 누군가는 맛있는 커피를 떠올리며, 누군가는 노동 착취를 당하며 커피콩을 따는 부당한 세상의 불공정성을 생각한다.

아내와 나는 책을 읽고 공부를 하지만 서로 읽는 책과 공부의 내용이 완전히 다르다. 그래서 우리가 서로의 책을 읽는 경우는 거의 없다. 우리는 같은 환경에서 함께 생활을 하지만 우리가 보는 세상은 천양지차다. 하지만 보는 시선과 사고의 방향성이 다르더라도 문제에 대한 인식과 해결을 위한 고민에는 유사성이 있다. 그래서 우리는 다르지만 같은 공간에서 평화롭게 살 수 있다. 어제는 책을 읽다가 아내에게 "나도 이런 아름다운 문장을 쓰고 싶은데 쓸 수 없는 게 약점"이라고 말했다. 아내가 "그런 글들을 누리면 되는 거지 그걸 꼭 쓸 수 있어야 하나?"라며 되물었다. 내가 알지 못하는 세상을 읽고 나에게 알려 주는 사람이 곁에 있는 것은 큰 축복이다. 나는 그 상대방의 말에 귀를 열고 잘 듣기만 하면 된다. 그러면 내가 몰랐던 새로운 세상이 열린다. 타인과 함께하는 삶이라는 건 이런 것이 아닐까?

세 달 뒤에 태어날 우리 아이가 세상을 어떻게 바라볼지 나는 알지 못한다. 나와 아내, 그리고 아직 이름이 지어지지 않은 우리 딸이 보는 세상은 각기 다를 게 분명하다. 그럼에도 우리가 함께 살아가는 게 즐겁고 별다른 문제가 되지 않을 것이다. 우리가 같은 세상에서 다른 주관을 가지고 있는 것이 다양한 긍정의 경험들이 될 것이기 때문이다.

이렇듯 각기 다른 시선을 가졌음에도 아내와 내가 함께 할 수 있는 건 상대방이 가진 나와 다른 영역이 출중하다고 느끼기 때문이다. 서로 다른 사람이 각자의 영역을 존중하는 건 함께 살기 위해 너무나 당연한 일이다. 하지만 그것을 넘어 각기 다른 부류의 사람들과 가깝게 밀착하고 상대를 좀 더 좋게 바라보기 위해 필요한 건 타인이 가지고 있는 출중함이 주는 기쁨이다. 타인의 출중함은 내가 보지 못하고 있는 것을 보게 하고 내가 해결하지 못한 문제에서 벗어나게 한다. 타인의 출중함을 자학의 도구로 삼을 필요가 없다. 내가 상대의 뛰어남에 도움을 받는다고 느끼는 것처럼 상대도 역시 나에게서 도움을 받고 있을 것이다. 타인의 출중함을 소중하게 대하는 마음은 서로가 가진 능력을 갈고닦아 더욱 향상시킬뿐 아니라 나의 시선과 사고를 확장시킨다. 아내는 비교적 사회성이 떨어지는 나에 비해 사회성이 좋고 자기가 바라는 것에 대한 추진력이 뛰어나다. 자기 목표를 향한 충실한 행동력은 나에게 존경을 불러일으켜 신뢰를 높인다. 이러한 대목들은 부부 사이에도 필요하지만 자녀와 부모와의 관계에도 필요할 것이다. 우리 아이가 가진 재능과 능력을 인정하고 발휘할 수 있도록 도와주고, 아이가 세상을 바라보는 시선을 존중하고 신뢰해야 한다. 가족이 함께 살기 위해서는 존중과 신뢰가 필요하다. 그 신뢰는 서로의 장점과 능력에 대한 믿음을 기반으로 한다. 그 믿음은 자기 자신에 대한 의심이 들 때 그 의심을 흘러가는 구름처럼 날려주기도 한다. 때로는 타자가 주는 신뢰가 나 자신에 대한 사랑을 만들기도 한다.

우리 부부는 비슷하게, 또 다르게 결혼 생활을 하고 있다. 우리가 각자의 영역에서 자신감을 갖고 행동하는 건 나의 못남을 사랑해 주는 것과 더불어 나의 잘남을 존중해 주는 상대방이 있기 때문이다. 아내의 임신으로 하루에도 몇 번씩 기대와 걱정을 반복하지만 어찌 되었든 우리는 아이를 잘 키우기 위해 노력한다. 나는 아내의 삶을, 아내는 나의 삶을 존중한다면 우리가 가진 각자의 시선 속에서 아이도 자기의 시선을 만들어 낼 수 있지 않을까? 내가 가지지 못한 것을 누린다는 건 그런 의미가 아닐까 싶다.

부부의 생애

이승우의 소설 《사랑의 생애》(2017)의 핵심 문장은 "사랑하는 사람은 사랑의 숙주다."이다. 사랑이라는 기생체가 사람의 마음을 흔드는 것을 인간이 어찌할 수 없다는 말이다. 그리고 이와 유사한 경험이 있는 독자들은 잊고 있었던 부끄러운 자신의 과거를 떠올리거나 과거 연애 상대를 떠올리기도 한다. 《사랑의 생애》에서 사랑은 등장인물들의 각기 다른 마음을 먹고 자라나고 사라진다.

사랑에 빠진 자기 자신에 취하는 사람들이 있다. 그 사람들은 '사랑에 빠진 자기 자신'을 유지하기 위해 상대방의 의사와 관계없이 자신의 사랑을 표현한다. 그리고 상대방이 나를 필요로 하기를 바란다. 그렇게 상대방을 움직이기 위해 연인에게 '서운함'을 표현하기도 한다. 그 '서운한 감정'은 바로 사랑하는 관계에 있어 나의 쓸모이자 가치와 직결된다. 누군가에게 사랑을 받고 필요한 사람이 되어야만 하는 사람은 상대방과 관계의 밀착성을 만들고 싶어 한다. 스스로는 본인이 가진 불안감이라는 문제를 해결할 수 없기 때문이다. 숙주에게 파고든 사랑은 올바른 정신 상태를 해치고 주체성을 잃어버리게 하며 정서적 약점을 파고들어 불안하게 만든다.

부부는 매일 얼굴을 보며 다양한 상황을 함께한다. 연애를 할 때는 각자의 집에서 에너지를 충전하는 시간을 가질 수 있었다면 결혼 후에는 함께 있을 때도 에너지를 충전할 수 있어야만 한다. 하지만 아내 혹은 남편이 정서적으로 불안정한 상태에서 관계에 집착한다면 소진되는 에너지를 보충할 수 없다. 따라서 부부는 서로의 마음에 들어온 사랑이라는 기생체를 관리해 주어야 한다. 나의 마음에 있는 사랑의 기생체와 함께 상대의 마음에 있는 사랑의 기생체까지 신경을 써 주어야 한다.

특히 부부는 다양한 변수가 있고 그동안 겪어보지 못한 관계의 유지 조건들이 생겨난다. 남편으로, 아내로 해야 하는 일들과 사위로, 며느리로 해야 하는 일이 따로 있고 부부로서 해야 하는 일들이 또 따로 있다. 더군다나 내 마음의 불안을 낮추기 위해 부부 관계에 긴장감을 조성하는 것은 임신 기간에는 적합하지 않다. 남편은 아내의 생물학적 변화에 따른 정서적, 신체적 어려움에 적절한 대응을 해주어야만 한다. 임신 기간 동안 부부 관계의 안정을 위해서는 아내의 마음에 있는 사랑이라는 기생체를 안정적으로 관리해 주는 게 우선적으로 필요하다. 아이는 사랑의 결실이지만 출산 이후의 삶에 대한 다양한 우려도 생긴다. 그 우려에 잡아먹혀 관계의 불안정성이 높아지지 않기 위해서는 두 사람의 마음에 있는 사랑이 잘 지내도록 보살펴주어야만 한다. 그렇지 않고서는 결혼 생활도, 배 속의 아이를 키우는 시간도, 아이가 태어난 이후에 닥쳐올 삶의 무게들도 견딜 수 없다. 사랑이 불안정성을 토대로 존재감을 드러내서는 안된다.

사랑은 치료제가 아니다. 스스로의 안정을 위해 사랑하는 사람을 괴롭히지 않아야 한다. 괴롭히는 사랑은 그들이 사랑이라 할지라도 이미 사랑이 아니다. 하지만 누구나 그럴 때가 있다. 이 사람이 나의 유일한 치료제라 여겨 나를 사랑해 주는 존재에게 나의 마음을 전달하는 데 집착하는 순간들. 하지만 사랑이란 나의 마음을 관리하는 걸 넘어 능동적으로 상대의 마음을 관리해 주는 일이다. 사랑의 생애를 탐구하는 데 매몰되던 시간을 지나 나의 사랑, 그리고 너의 사랑과 함께 살아가는 방법을 깨닫는 것이 부부의 생애이다.

무엇이든 해보자

　요즘 아내는 집안 정리에 열심이다. 눈에 보이지 않게 어딘가 박아 놓은 짐들까지 꺼내 담고, 옮기고, 버린다. 우리 집은 딱히 짐을 보관할 곳이 없어 보일러실과 세탁실을 겸한 작은 베란다가 창고의 역할을 한다. 그래서 큰 짐들은 베란다에, 다른 짐은 나머지 방들의 서랍장과 서재의 작은 책장 구석에 보관하고 있다.

　부부가 되어 함께 살다 보니 짐 보관이 예상하지 못한 문제가 된다. 사람마다 집착하는 물건과 공간이 다르고 물건의 필요도가 다르기 때문에 각자의 의견을 모두 반영하면 짐이 한없이 늘어난다. 그 와중에 우리처럼 집이 항상 깔끔하기를 바라는 사람이면 눈에 닿는 모든 공간을 정리해야 해서 대부분의 물건을 어딘가에 잘 보관해야만 한다. 아이가 생기면 무조건 짐이 많아지기 때문에 지금 집에 있는 짐들을 정리해야 하는 건 당연한 일이다. 하지만 아직 출산이 90일 조금 더 남은 상황에서 아내가 굳이 지금 종일 짐을 정리하는 이유가 궁금했다. 아내는 주방장과 찬장을 정리하고, 물건을 더 잘 놓을 수 있도록 공간을 분리하고, 베란다를 효율적으로 사용하기 위해 폭이 좁은 수납장과 칸막이를 사기도 했다. 퇴근 후 집에 돌아오면 집의 물품들의 자리가 여기저기 바뀌어 있는데 뭐가 어떻게 돌아가고 있는지 알 수가 없었다.

아내는 이제 임신 27주에 들어섰다. 아내는 하루가 다르게 배가 나온다. 한두 달 전까지만 해도 옷을 입으면 임산부인지 아닌지 티가 잘 나지 않았는데 지금은 누가 봐도 임산부인지 알 수 있다. 오래 앉아 있으면 배가 당기고 차를 오래 타는 것도 힘들어한다. 침대에 누운 아내의 배를 만져 보면 배가 점점 더 위로 늘어나는 것 같아 신기해서 "여보 어제보다 배가 더 나왔어!"라는 말을 매일 반복한다. 임신 후반기의 아내는 배가 너무 많이 나와서 욕실 배수구에 있는 머리카락을 정리하지 못 하게 되었다. 설거지를 하면 팔이 설거지통 끝까지 닿지 않아 힘들어하기도 하고, 세탁기 타워 아래에 있는 빨래를 꺼내 건조대에 너는 것도 어려워한다. 얼마 전 아내는 출근하기 전에 이불을 개달라고 했다. 우리 부부는 저상 침대를 사용하고 있어서 이불을 정리하는 것도 쉽지 않다. 임신한 아내에게는 내가 잘 모르는 불편함도 꽤 많을 텐데, 남편은 아내에게 직접 듣지 않고서는 이와 같은 어려움들을 눈치채기 힘들다. 경험한 적이 없는 어려움을 예상해 미리 해결하는 것이 쉽지 않다는 걸 나는 아내가 임신한 기간 내내 깨닫는다. 지금 아내가 물건들을 정리하는 이유는 한 달이 더 지나면 더 이상 자기 몸을 마음대로 움직이며 집안을 정리하기 어려워지니 미리 해놓는 것이었다.

이번에 아내가 집 안에 있는 물건들을 새롭게 정리하면서 집에 있는 물건들의 위치를 명확하게 아는 건 아내밖에 없다. 나는 무언가를 놓아두거나 찾기 위해 아내에게 위치를 물어본다. 지금 물건의 위치는 아이가 태어나고 난 후 좀 더 편하게 집안을 관리하기 위해 변경된 것이다. 아내는 그렇게 몸과 마음, 그리고 집안을 정돈하며 임신 후반기와 출산을 준비하고 있다.

문득 걱정이 앞선다. 아이가 태어난 후에도 내가 집에서 나의 주체성을 찾지 못한 채 바깥에서 자신의 가치와 주체를 찾는 남편이 되면 어쩌나 하는 걱정 말이다. 많은 남편들이 아내의 의견을 많이 따르고 아내가 하자는 대로 하지만 그건 동시에 집안을 관리하는 사람으로서, 육아를 하는 사람으로서 주체성이 없는 사람이 된다는 이야기다. 결혼과 임신, 출산, 육아의 문제를 예방하고 해결하는 남편이 되는 건 꽤나 난이도가 있는 일이라는 걸 임신과 출산 준비를 하면서 자신의 영역을 구축하는 아내를 보며 깨닫는다.

대부분의 임산부들이 본다는《임신 출산 육아 대백과》를 나 또한 가끔 열어본다. 하지만 대백과를 읽으면서도 어떤 내용을 어떻게 적용해야 하는지 알기 어렵다. 학교에서 배운 이론과 사회복지 실습에서의 경험, 직장에서 겪은 사회복지사로서의 업무가 각기 다르듯 임신과 출산도 학습에서의 개념과 실제 적용이 각각 다르게 느껴진다. 《임신 출산 육아 대백과》를 한 장 한 장 넘기며 읽다 보면 아내가 지금 하고 있거나, 이미 해온 것들이 머릿속에서 스쳐 지나간다. 피부 소양증과 정맥류에 대한 주의, 새로 구입한 속옷들과 미리 받은 치과 진료 등등이 이제야 눈에 들어온다. 심지어 불면증에 관한 내용이 한 페이지가 넘게 나와 있는데도 제대로 인지를 못 하고 있었다.

임신 8개월이 되면 요통과 어깨 결림이 심해지고 가슴이 답답하며 위쓰림과 함께 배 뭉침도 더 잦아진다고 한다. 자궁이 위를 압박하기 때문에 식사도 많이 하지 못해 나누어서 음식을 먹는 게 좋고 가려움이 더 심해져 충분히 쉬는 게 중요하다고 쓰여 있다. 문득 '다른 사람들은 잘 보면서 본인 엄마는 왜 잘 보지 못하냐'고 나에게 묻던 상담 선생님의 말이 떠오른다. 임신과 출산에 있어서 남편의 역할은 극히 제한적이다. 무엇이라도 해야 한다. 여기서의 '무엇이라도'는 '아무거나'의 의미가 아니다. 더 적극적이고 분명한 '무엇'을 찾아야 하는 것이다. 무엇이든 해보자.

여보 사랑해, 파이팅, 잘될 거야

언젠가 나는 아내와 임신 주차별 시기에 대한 이야기를 하다 임신 초기, 중기, 말기라는 단어를 사용했다. 그러자 아내가 '초, 중, 말기'는 환자에게 사용하는 말처럼 느껴져서 이상하게 들린다고 했다. 그래서 검색해 보니 '초기, 중기, 후기'라는 단어를 사용하는 게 임신에서의 일반적인 표현이었다. 단어의 이어짐을 보면 '초, 중, 말'이 하나의 표현으로 사용되고 '전, 중, 후'가 다른 하나의 표현으로 사용되는데 왜 임신에서만 단어의 혼용이 일어날까? 하는 생각들을 하다가 '임신 말기'라고 하는 게 이상하게 느껴지는 것도 사실이니 그 이후부터는 임신 초기, 중기, 후기라는 표현을 사용했다.

아내는 임신 말기, 아니 임신 후기가 되었다. 요즘 아내는 꽤 우울해 보인다. 호르몬으로 인해 여전히 밤에 잠을 이루지 못하고 어떤 모습으로 누워 있어도 호흡이 가쁘다. 아내의 배는 어제와 오늘이 다르게 커져 있다. 서 있어도, 앉아 있어도 허리 통증이 있고 임신선도 짙어졌다. 아내의 대학원 마지막 학기 종강이 약 50일 정도 남았는데 의자에 앉아 책상을 향해 허리를 굽히기도 어려워한다. 소양증으로 몸은 계속 가렵고 처음 느껴보는 몸의 감각들을 어떻게 다루어야 할지 알지 못한다. 이 상황을 해결할 방법은 없다. 배 속에 있는 안나와 대화를 하며 아이를 만날 날을 고대하지만 순간순간 엄습하는 출산에 대한 공포를 없애기는 어렵다.

사실 나 역시 아내의 임신 기간 내내 초조함을 느낀다. 남편으로서, 그리고 아빠로서 육아를 잘 대비하고 싶지만 나는 눈앞의 일을 처리하기에 급급하다. 아내가 원하는 것을 파악해 해결하는 것이 내가 할 수 있는 전부다. 안나를 위해 조금 더 구체적인 생각과 행동을 하고 싶다. 그런 생각들을 혼자서 하고 있으면 눈에 보이지 않는 안나가 어떠한 존재일지 알 수 없다는 현실에 막막하다. 육아에 대한 인터넷 게시글에는 '남편에게 아이를 맡기면 안되는 이유' 등 육아를 제대로 하지 못하는 남편들에 대한 내용이 허다하다. 주변을 둘러보거나 친구들의 이야기를 들어 보아도 남편의 역할은 어느 정도 정립이 되어 있는 느낌이지만 아빠의 역할은 그렇지 않은 것 같다. 세상의 많은 아빠들은 정말 아이에게 제대로 된 돌봄을 주지 못하고 있을까?

어제 새벽에는 아내가 우는 소리에 잠에서 깼다. 아내는 얼마나 두려울까, 얼마나 힘이 들까, 얼마나 큰 상실감을 겪고 있을까. 주변에서는 그래도 배 속에 있을 때가 가장 좋을 때라는 이야기들을 하니 아내의 마음을 안정시킬 방법이 없다. 임신한 아내에게는 오로지 혼자 해야만 하는 일이 분명히 존재한다. 아이를 임신한 엄마의 감정이란 기쁨도, 슬픔도 오롯이 엄마만의 것이다. 다만 기쁨과 기대가 커질수록 두려움과 상실감도 커진다. 내가 아내의 마음을 제대로 알지 못한 채 다르게 받아들이거나 무심하게 행동하고 있을까 두렵다.

요즘 우리 집 유행어가 있다. 나는 아내가 임신의 힘듦을 이야기할 때 "사랑해", "화이팅", "잘될 거야"라는 말을 한다. 임신으로 인해 벌어지는 많은 일들은 그저 참고 견디는 것 외에 다른 방법이 없으니 나도 아내에게 해줄 수

176

있는 말들이 없다. 그나마 아내에게 해줄 수 있는 건 안아 주거나, 지지해 주는 것, 상황을 재미있게 만들어 웃음을 주는 일뿐이다. 집에서 나는 코미디언이다. 무슨 말을 어떻게 하든 아내가 잠시라도 웃을 수 있도록 많은 방법을 강구한다. 동시에 나에게 있는 임신과 출산, 육아에 대한 불안감과 염려를 덜어낸다. 고민을 오래 해도 해결되는 건 없다. 그렇다면 고민을 덜하도록 환경을 조성하는 게 내가 할 수 있는 한 가지의 해결책이다. 다행히 아내는 웃음에 관대하고 자신을 웃기려는 나의 노력을 좋아해 준다. 임신과 육아가 소원한 부부 관계를 해결해 준다는 의견에는 동조하기 어렵다. 결혼 생활의 모든 과정은 '사랑'이라는 토대 위에서 이루어져야 한다. 그래야 서로를 믿고 견디고 이해하지 못하는 대목을 존중할 수 있다.

내가 아내 곁에서 임신의 과정들, 초기와 중기 후기를 지켜보며 느낀 건 투병의 치료 과정과 유사하다는 것이었다. 물론 임신은 질병이 아니다. 힘들지만 큰 행복감과 미래에 태어날 아이를 생각하며 기쁨에 젖어 있는 시간들이 크다. 신체의 변화나 호르몬 등으로 인한 정서적인 변화 등을 보았을 때 아픔을 느끼고, 아픔의 진행을 받아들이고, 인내의 과정들을 겪으며 그에 익숙해지지만 아품이 더욱 커져 의지대로 통제 되지 않을 때의 과정이 투병과 유사하다고 느꼈다. 그렇게 보면 역시 임신은 초기, 중기, 후기가 아니라 초기, 중기, 말기가 맞지 않을까? 투병을 극복해 완치가 되면 새로운 삶에 감사함을 느끼는 것처럼 임신도 초기, 중기, 후기로 마침표를 찍는 것이 아니라 말기에서 이어지는 육아로의 새로운 생활로 삶을 더 의욕있게 맞이할 수 있지 않을까? 여보 사랑해, 화이팅, 잘될 거야, 그리고 고마워.

안나를 기다리며

  아내의 임신 초기에는 흔히들 '안정기'라고 말하는 임신 12주까지만 큰 탈 없이 보내면 이후에는 별걱정이 없을 거라 생각했다. 시간이 지나면 그때그때 마다 적응할 수 있을 것이고, 무언가를 해야 하는 일이 생기면 우리 부부가 큰 어려움 없이 해결할 수 있지 않을까 하는 마냥 긍정적인 마음이 있었다. 임신은 축복이고 기쁜 일이니 힘든 시간에도 마음만은 안정적일 것이라던 나의 예상은 30주가 된 지금 많이 빗나갔다. 어릴 때는 나이가 들면 어른이 되는 게 당연하다 여기지만 살다 보면 학교생활도, 대학 생활도, 취업과 직장 생활도 모두 저절로 되는 게 하나도 없다는 걸 깨닫는다. 임신도 이와 비슷했다. 자연스럽게 마음이 안정되고 아이가 아내의 배 속에서 잘 자라 건강하게 태어날 거라는 확신도 저절로 만들어지는 게 아니었다. 행복한 결혼 생활과 안정적인 부부 관계도 저절로 이루어지지 않는다는 걸 이미 알고 있었으면서도 왜 임신과 출산은 시간이 지나면 큰 걱정이 없을 거라 여겼을까?

우리도 마찬가지였지만 임신을 한 다른 부부들도 임신 사실의 공개를 늦추는 이유는 아이가 어떻게 될지 모르기 때문이다. 언젠가 방송에 나온 어떤 산부인과 의사는 유산이 될 아이가 유산이 되는 거라고 말을 했지만 유산을 겪는 부모의 마음은 그렇게 간단치 않을 것이다. 12주까지는 아이가 잘 있는지 염려스럽고, 태동이 느껴지기 전까지는 태동이 도대체 언제 느껴질지 초조하고, 태동이 느껴지고 난 다음에는 아이가 건강하게 잘 자라고 있는지 걱정한다. 임신 30주가 되었어도 마음은 여전히 불안하다. 만약 아이가 어떻게 되기라도 하면 어쩌나 하는 걱정이 머릿속을 가득 채운다. 지난번에는 유튜브에서 출산이 얼마 남지 않은 아이가 엄마의 배 속에서 미처 태어나지 못하고 하늘나라로 떠난 드라마 영상을 보았다. 그 영상을 차마 끝까지 보지 못하고 껐지만, 절망으로 절

규하던 드라마 속 임산부의 모습이 머리에 들어와 한동안 떨쳐내지 못했다.

임신은 아내는 물론, 남편에게도 불안과 걱정의 연속이다. 우리나라에서 임신과 출산은 아이에게 집중되는 경향이 있어 임산부가 태아의 건강을 염려하다 자기 몸과 마음이 상하는 것을 예방하지 못하는 경우가 많다. 임신은 소중하고 굉장히 아름다운 일이지만 임산부의 몸이 망가져 가는 것 또한 사실이다. 엊그제 아내가 갑자기 손가락 마디가 아프다고 해서 알아보니 임신으로 인한 관절통이었다. 그냥 앉아 있다가 갑자기 갈비뼈나 다른 신체 부위가 아프다고 하는 경우도 허다하다. 산모들은 출산 후 6개월 동안 얼마나 몸을 회복하느냐가 이후 삶의 많은 부분을 결정한다. 하지만 아이가 태어나고 곧바로 육아를 해야 하는 상황에서 자기 몸을 우선으로 돌보며 회복을 잘할 수 있는 사람이 얼마나 있을까? 많은 엄마들이 임신을 알게 된 순간부터 자신의 몸과 마음을 제대로 돌보지 못한 상태에서 임신 기간을 보내고 출산과 육아를 한다.

전체 임산부의 15%가 우울감, 무기력, 두려움, 신경질, 슬픔, 소화불량, 수면의 질 저하, 집중력 저하 등의 산전 우울증을 경험한다.[6] 더군다나 임신의 과정에서 남편이나 가족의 지지를 제대로 받지 못하는 상황이라면 자신의 마음과 감정을 제대로 표현하지 못해 일상 자체가 무너질 수도 있다. 안병은 의사는《마음이 아파도 아프다고 말할 수 있는 세상》에서 정신질환을 앓고 있는 사람들에게 지역 사회를 통한 커뮤니티 케어를 제공하고 인식의 전환을 통해 모든 이가 사회적 자리를 찾을 수 있도록 해야 한다는 제언을 한다. 임신은 마음의 병이 아니지만 임신 기간 내내 불안과 염려에 시달리고 자신의 감정을 제대로 표현하기가 어렵다. 호르몬의 변화로 인해 감정을 뜻대로 통제하기 어렵기 때문에 그만큼 돌봄이 필요하다. 사람들이 결혼을 하지 않고 아이를 낳지 않으려는 이유는 경제적인 것도 크지만 단지 그것만이 아니다. 임신과 출산, 육아에 사회와 사회 구성원들의 인식과 지지가 터무니없이 부족하다. 그러니 출산을 결심하는 사람이 많을 리 없다. 보건사회연구원의 <2021년도 가족과 출산 조사 연구보고서>에 따르면 응답자 100명 중 약 37.8명만이 자녀 출산 의향이 있는 것으로 나타났으며, 이들의 출산 계획 자녀 수의 평균은 약 1.56명인 것으로 나타났다.[7] 출산 계획이 뜻대로 이루어지지 않는 경우를 포함하면 그 숫자는 훨씬 더 줄어들 것이다.

요즘 아내와 나는 출산 준비에 열심이다. 출산의 경험이 있는 사람들에게 조언도 듣고 필요한 물건도 사고 출산 관련된 책도 읽는다. 우리가 구입한 물건과 주변 사람들이 선물해 준 물건을 꺼내서 하나씩 펼쳐보고 사용법도 익혀본다. 아기의 물건은 어쩜 그렇게 조그마할까? 아기가 사용하는 물품은 정말 다양하다. 아기가 태어나면 거즈 손수건이 많이 필요하다고 해서 집에 여러 종류의 거즈 손수건을 구비해 놓았다. 아내는 그 거즈 손수건을 여러 번 빨고 건조해 아가용 서랍에 고이고이 접어 놓았다. 옷도 개월 수에 따라 종류별로 구분하여 나눠 놓고 배냇저고리를 묶는 방법을 찾아본다. 젖병과 젖병소독기를 준비하고, 신생아는 먹은 것을 자주 게워낸다며 선물받은 역류 방지 쿠션을 한켠에 준비해 놓았다. 이렇게 아기의 물건들을 하나씩 살펴보고 있으면 아기가 눈앞에 있는 것만 같은 기분이 든다.

결국 미지의 불안감을 없앨 수 있는 건 아기를 떠올리는 것뿐이다. 육아를 할 때도 힘듦을 이길 수 있는 건 눈앞에 너무 귀엽고 사랑스러운 우리 아기가 있기 때문이라고 말하는 걸 주변에서 많이 들었다. 불안과 걱정을 해결하기 위해 그것들을 오랫동안 탐구하다 보면 그 감정에 머물러 빠져나오지 못한다. 해결할 수 없는 것, 지금은 알 수 없는 것들을 생각해 봐야 결국 더 깊은 고통 속에 빠진다. 염려를 너무 오래 붙잡고 있을 필요는 없다. 힘들고 지친 기분이 들 땐 안나와 대화를 한다. 안나가 어떤 것을 좋아하고 어떤 표정을 짓고 있을지, 안나와 어떻게 놀지를 이야기하고 안나의 물건들을 하나씩 꺼내본다. "어쩜 이렇게 자그마하고 귀여울까? 우리 안나도 이토록 사랑스럽겠지?" 아내와 도란도란 대화를 하고 잠을 청한다.

나의 기준과 우리의 기준

나는 살림을 좋아한다. 혼자 살 때도 언제나 물건을 제자리에 보관했고 집을 정돈했다. 집에 언제든지 사람이 찾아와도 괜찮았다. 손님이 온다고 특별히 치우거나 정리를 하는 일은 없었다. 물론 손님이 찾아오기로 한 날에는 조금 더 신경 써서 청소를 하기는 했다. 나에게 집안일과 정리란 집을 조금 더 예쁘게, 내 마음에 들게 유지하기 위한 필수 요소다.

집안일이란 끊임없이 생기고 마감이 없다는 특징을 가지고 있지만, 사실 집안일에도 마감이 있다. 하루에 해야하는 집안일과 한 주간의 집안일이 머릿속에 분배되어 있어, 하루하루의 할당량을 처리하면 내가 해야 하는 집안일은 계획대로 끝이 난다. 냉장고에 들어 있는 식재료들이 선입 선출에 따라 머리에 정리되어 있고, 그 재료들을 활용한 음식들이 요일별로 구분되어 있다. 요리를 해 먹는 건 식재료비를 아끼기 위함도 있지만 내가 원하는 음식을 건강하게 먹을 수 있는 방법이기도 했다. 빨래를 하는 요일, 청소를 돌리는 시간도 다 정해져 있었다. 이렇듯 나의 집은 모두 나의 통제에 따라 움직였다.

나의 통제적 성격은 나의 모든 부분에 영향을 미친다. 일을 할 때도 내가 하는 일의 종류와 목적, 행위적 근거와 법리적 근거를 모두 따져본 뒤 지침과 법령 등을 찾아보며 해당 업무를 최대한 이해한 뒤 일을 시작한다. 제대로 파악하지 못한 채 일을 하면 업무의 효율이 떨어지고 업무의 완성도가 저하되어 결국 나를 더욱 힘들게 한다. 그래서 내가 하는 모든 일은 이해와 판단의 행위에서부터 시작된다. 나의 통제적 성격은 귀찮은 것을 귀찮지 않게 한다. 심지어 나는 대학생 때부터 지금까지 가계부를 써왔다. 모르는 게 더 힘들고 불편해서 어떠한 변수에든 움직일 수 있도록 사전에 행동하도록 한다. 살림과 집안일은 통제적 성격의 만족도를 높여준다. 한 종류의 집안일이 완결되었을 때의 만족감이 커서 귀찮고 힘든 건 더 이상 문제가 되지 않았다.

하지만 이 모든 일은 혼자 살았기 때문에 가능한 것이었다. 결혼을 한 사람은 위의 통제적인 요소를 어느 하나 지키기가 어렵다. 내가 생각하는 물건의 제자리가 아내에게는 제자리가 아니다. 아내와 나는 각자가 생각하는 물건의 적합한 자리가 있다. 그리고 그 물건은 집안에 오래 있고, 집안일을 처리하는 사람의 주관에 따라 위치가 결정된다. 음식을 만들 때도 그렇다. 식재료를 조합해 메뉴를 정하고 효율적으로 요리를 하고 싶지만, 그렇게 해서는 아내의 취향을 맞출 수 없다. 그렇게 집안일들이 나의 통제를 벗어난다. 두 사람이 하는 살림과 한 사람이 하는 살림은 구조가 완전히 다르다.

아내는 혼자 살아본 기간이 길지 않고 집안일을 많이 해본 사람이 아니다. 그리고 나처럼 물건을 제자리에 두거나 정리를 잘하는 사람도 아니다. 정리에 집착하는 사람이 누군가와 함께 살기 위해서는 결국 자신의 기준을 포기하거나 스스로 더 많이 움직여야 한다. 나의 통제적 성격을 상대방에게 적용하면 곤란하다. 휴지걸이 방향과 치약 짜는 법으로도 싸우는 게 부부라지만 그냥 어느 한 명이 포기하면 문제가 발생하지 않는다. 그리고 내가 양보했다고 생각하거나, 내가 하나 물러났으니 너도 나중에 하나 물러나야 한다는 거래 감정을 가져서도 안 된다. 중요한 것은 상대도 자신의 기준에 따라 집을 꾸려 나가고 있다는 것을 잊지 말아야 한다는 것이다. 지금은 나보다 아내가 집에 있는 시간이 더 많다. 아내는 살림을 제대로 하기 위해 나름의 계획을 세우고 실천하고 있다. 나 역시 시간이 있을 때마다 집안일을 적극적으로 하고 있다. 우리는 이미 집안에서 암묵적으로 정해진 역할이 있기 때문에 집안일로 싸우는 일은 거의 없다.

우리 안나가 태어난 후는 어떻게 될까? 아이가 어질러 놓은 것은 누군가의 의지로 나아지게 할 수 있는 게 아니다. 아내와 둘이 살던 때에는 대화를 통해 나의 통제성을 조율하고 어느 정도의 선을 유지할 수 있었지만 안나가 태어난 이후에는 그 방법이 통하기 어려울 것이다. 일반인이 출연하는 가족 관계 개선 방송을 보다 보면 간혹 통제적인 성격을 가진 아빠가 나온다. 자기 뜻대로 자식을 만들고 싶어 하는 아빠와 자녀의 관계가 틀어지는 건 너무 당연한 일이다. 나는 안나에게 필요한 적절한 지도와 나만의 기준에 따른 불필요한 통제를 구분할 수 있을까? 육아 선배들의 이야기를 들어봐도 명료하게 알 수 있는 것 같진 않다. 그렇게 나는 아직 태어나지도 않은 안나와의 관계 형성을 그려본다.

생각해 보면 나도 부모님의 말을 잘 듣지 않았고 늘 내가 하고 싶은 대로 행동했다. 그 행동들을 돌이켜보면 올바른 행동도 있었지만 올바르지 않은 행동도 있었다. 나의 판단에 따라 행동하고 이윽고 그 행동이 잘못된 선택이라는 걸 깨달았을 때 부모님이 나에게 했던 말들을 떠올렸다. 부모는 아이에게 조언을 하되 아이가 스스로 판단해서 행동하도록 기다려준다면 결국 언젠가 아이가 스스로 깨달을 때가 온다고 생각한다. 그러니 나는 아이의 행동을 나의 기준으로 통제하지 않도록 노력해야 한다. 통제적인 성격은 결국 자신이 가진 염려의 표현 같은 것이다. 나는 남편으로서, 또 아빠로서 내가 가진 염려의 정도와 수위를 조절해야 한다.

누군가를 자신의 기준에 포함시키려는 것은 상대방의 기준으로 사랑을 하는 게 아니라 자신의 기준으로 상대방을 사랑하려는 행위다. 그리고 자기의 불안감을 잠재우기 위해 상대방의 행동을 제한하려는 태도이기도 하다. 임신도 염려와 걱정의 연속이지만 출산과 육아는 이보다 더 큰 염려와 걱정이 지속될 것이다. 지금 할 수 있는 건 너무 앞서 걱정하지 않는 일이다. 의외로 결혼 생활이 잘 맞았던 신혼 초기와 같이 우리 부부는 안나가 태어난 이후에도 균형점을 잘 맞추어 나갈 수 있지 않을까 생각해 본다. 인생에서 벌어지는 어쩔 수 없는 일들은 어떻게든 헤쳐 나가며 살아왔으니 말이다.

아침의 산책, 낮의 산책

나는 흔히 말하는 한국인의 새해 다짐 세 가지 '공부', '독서', '운동' 중 다른 건 곧잘 하는데 운동은 하지 않는 편이다. 그나마 운동 비슷한 걸 한다고 하면 매일 걷기 정도일까? 숨이 차지 않으면 운동이 아니라 노동이라는 말이 있다. 하지만 유일하게 몸을 움직이는 취미 생활이 노동이라면 너무 속상하니까 나는 '운동에 가까운 취미 생활' 정도로 표현하고 싶다. 산책을 하다 보면 눈에 보이는 자극들로 인해 다른 생각이 떠오르고 또는 정리가 되기도 한다. 산책을 꽤 오래 하다 집에 돌아오면 나름대로의 만족감이 있다. 오늘 해야 하는 활동량을 채웠다는 기분이랄까?

아내의 임신 초중반에는 둘이 함께 산책을 했지만 사실 도통 속도가 나지 않아서 내 기준을 충족시키지 못했다. 그래서 주말 오후 한 시간 정도 동네를 발 닿는 대로 아무 방향이나 정해서 넓게 돌거나 영화를 보러 혼자 다녀오면서 산책을 하곤 했다. 그러다 아내가 임신 30주가 넘어가면서부터는 아내가 아직 잠들어 있는 아침으로 산책 시간을 바꾸었다. 산책 시간을 바꾸고 나서부터는 오후가 약간 피곤한 느낌이 들지만 그 약간의 나른함이 주말에 더 어울린다고 느껴지기도 했다.

　오전 산책과 오후 산책은 분위기가 많이 다르다. 우리가 살고 있는 망원동은 주말 오후가 되면 동네 시장에 나온 사람들부터 분위기 있는 카페나 맛집을 찾아 잔뜩 꾸미고 온 사람들, 한강 가는 길에 들른 사람들까지 합쳐져 길에 사람이 어마어마하게 많다. 우리도 주말 오후에는 가까운 가게에도 사람이 많아 잘 가지 않고 좀 더 한가로운 분위기의 가게들을 찾아간다. 뿐만 아니라 망원에서 성산으로 넘어가는 한강공원도, 합정으로 해서 홍대를 지나는 길도, 망원에서 서교동이나 연남동 방향으로 산책을 할 때도 골목 골목 어디에나 가게도 많고 사람도 많다. 주말 오후 산책은 범홍대권에 모인 사람들을 구경하는 재미가 있다. 각자 무언가를 기대하는 표정으로 모여 있는 사람들과 길을 걷는 사람들, 연인이나 친구들을 만나 즐거움이 채워져 있는 표정으로 거리에 있는 사람들이 만들어 내는 길거리의 형상이 있다. 반면 오전의 산책은 하루를 미리 준비하는 사람들로 가득하다. 망원 시장은 분주하다. 상인들은 각자 가게 안팎을 청소하고, 과일·야채가게에서는 트럭에 있는 물건을 내려 그날 팔 물건들을 진열해 놓고, 고깃집은 커다란 돼지고기를 해체하고, 생선가게는 진열된 생선에 물뿌리개로 물을 뿌리고, 만둣가게에서는 만두를 빚고, 꽈배기집에서는 새로 꽈배기를 튀겨낸다. 한강 공원에는 아침 운동을 하러 나온 사람들과 강아지에게 끌려 나온 사람들만 있다. 이 시각의 범홍대권은 관광을 온 외국인과 나처럼 산책하는 사람이 대부분이다. 오전 산책길은 하루를 준비하는 분위기가 가득하다. 그래서 오전의 산책길을 좋아한다.

얼마 전 아내는 유튜브 '자취남' 운영자가 별도로 운영하는 '유부남'이라는 집 소개 프로그램에 촬영을 신청했다. 아내는 지금 우리 집의 모습을 남겨두지 않으면 영영 사라져 버린다며 한동안 촬영을 준비하며 집을 정리했다. 나는 딱히 촬영 준비를 해야 된다고 느끼지도 않았고 실제로도 준비하지 않았다. 아내가 촬영을 하고 싶어 하니까 '그냥 그런가 보다' 정도만 생각했다. 촬영을 준비하며 아내는 새롭게 생긴 아이의 짐을 다시 정리했다. 새삼 아이의 짐이 많게 느껴졌다. 우리 옷보다 아이의 옷이 더 많았고, 육아를 위한 공간이 예상보다 더 많이 필요했다. 문득 안나를 맞이할 준비를 한다는 게 조용하고 정돈된 공간에서 복닥한 공간으로 바뀌는 것을 대비한다는 생각이 들었다. 유튜브 촬영 준비만 해도 이렇게 많은 준비가 필요한데 안나가 태어나 우리 부부의 공간에 가족으로 들어오는 건 더 많은 준비와 복잡스러움을 만들어 낼 것이다. 무언가를 하는 것만큼이나 무언가를 준비하는 시간도 중요하다. 우리 집에 쌓여가는 육아 물품들이 실제로 사용되기 전에도 그 자체로 소중한 마음이 담겨 있다. '이 공간을 이렇게 바꾸면 안나에게 더욱 잘 맞을까?', '이 물건을 저기에 놓으면 안나를 더욱 잘 볼 수 있을까?' 스스로에게 질문하고 대답한다. 안나와 만날 날이 머지 않았다. 우리 집은 안나를 맞이하기 위해 조용하지만 분주한 기대의 공기가 가득하다.

이제 아내의 출산이 한 달도 채 남지 않았다. 요즘 삶이 완전히 다른 시작점에 있다는 느낌을 받는다. 임신이 단지 출산과 육아를 위해 거치는 시간이 아니었으면 좋겠다. 누군가와 함께 있는 시간만큼 중요한 건 누군가를 맞이하기 위해 준비하는 시간들이다. 그렇게 우리 부부는 요즘 안나를 만날 준비를 하며 하루하루를 보낸다. 준비의 기대감이 오히려 시작보다 더 좋을지도 모른다. 우리 안나가 태어나면 소란스러운 낮이 찾아올 것이다. 아침에 하루를 맞이할 준비를 제대로 하지 못한다면 낮에 온 사람을 잘 대접하기 어려운 법이다. 오전에 산책을 하며 맞이한, 하루를 준비하는 분주한 풍경처럼 나 또한 그렇게 안나를 만날 준비를 한다. 안나가 태어나면 곧 분주하고 시끌벅적한 소리가 우리 집에 가득할 것이다. 길고 긴 낮을 맞이하기 위해 아침을 보내며 나는 또 산책을 한다.

아내가 쌓아 올린 280일

꿈결 같은 소리가 귓가에 들렸다. "오빠! 나 양수 터졌어. 지금 병원 가야 돼." 임신 40주 차를 3일 앞둔 2024년 1월 17일 새벽 5시였다.

일반적인 분만 징후는 자궁 경부가 부드러워지며 경부를 막고 있던 점액성 물질이 나오는 것에서부터 시작된다. 이를 두고 '이슬이 비친다'라는 말로 표현하기도 한다. 그 후에는 진통이 시작된다. 진통에도 두 종류가 있다. 먼저 자궁이 불규칙적으로 수축해 나타나는 가진통(false labor)이 오고, 그 뒤 10분 정도의 간격으로 규칙적으로 생기는 진진통(true labor)으로 바뀐다. 진진통의 간격은 점점 짧아진다. 10분에서 5분, 5분에서 5분 이

내로 들어서면 빨리 병원에 가야 한다. '진진통'이 시작되고 나면 자궁 경부가 점차 얇아지면서 자궁 문이 3~4cm 정도로 열린다. 점차 진통이 짧아지면서 3~4분 간격으로 30~40초씩 진통이 더 강하게 오고 자궁 경부는 4~8cm까지 열린다. 그 다음은 진통의 간격이 1~2분 정도, 50~70초 정도로 나타나며 자궁 경부가 9~10cm 정도로 열린다. 이때가 되면 아이가 상당 부분 하강해 있기 때문에 우리가 알고 있는 '힘을 주며 아기가 나오는 출산' 과정으로 들어선다.

진통이 먼저 오지 않는 분만 과정도 있다. 아이가 다 내려오기 전에 양막이 먼저 파수되는 경우다. 양수가 터지면 태아를 보호하는 양막이 찢어진 것이기 때문에 세균 감염 위험이 있어 48시간 내로 반드시 출산을 해야 한다. '이슬이 비치는' 상황이라면 씻고 간다든가, 준비를 하고 출발한다든가 하는 여유가 있지만 이 상황은 그렇지 않다. 빨리 병원에 가야 한다. 양수가 터지면 상당히 많은 액체가 줄줄 흐르는데, 미리 준비해 놓은 산모용 기저귀나 생리대를 착용해야 한다. 왜 드라마나 영화에 나오는 것처럼 임산부의 다리 사이에 양수가 흐르는 상황, 그 상황이 바로 지금 설명하는 출산의 전조증상이다.[8] 새벽 다섯 시에 아내가 겪은 게 바로 이 상황이다. 배 속에 있는 우리 아이는 아래로 다 내려오지 않고 꽤 윗부분에 위치해 있었는데 그 상황에서 양막이 파수 되었기 때문에 유도 분만 촉진제를 맞아야 했다. 새벽 5시 30분쯤에 병원에 도착해서 정맥 주사를 잡고 수액에 유도 분만 촉진제를 주사했다. 아내는 오전 7시쯤부터 진통이 시작됐다. '무통 주사'는 자궁 수축을 일시적으로 느끼지 않도록 해주는 효과가 있다. 천국이라는 '무통 주사'는 맞는 타이밍이 있다. 자궁 경부가 3~4cm 가량 열려야 맞을 수 있고, 너무 많이 열려도 그다지 효과가 없다.[9] 촉진제를 맞고 어느 정도 시간이 지났음에도 아내는 자궁 경부가 1cm 정도밖에 열리지 않았고, 아이는 위쪽에 위치해 아래로 내려오지 않은 상태였다. 초산인 산모는 자궁 경부가 열리는 속도가 더욱 더디다고 했다.

오전 8시가 되자 아내는 본격적으로 통증을 느끼기 시작했다. 분만실 안에는 태아의 심장 박동과 자궁 수축 정도를 확인하는 기기가 있었다. 이 기기에 표시되는 toco 수치는 0~100의 숫자로 자궁 수축 정도를 알려준다. 숫자가 높을수록 자궁 수축이 많이 되고 있다는 뜻이다. 산모의 통증이 숫자로 표시되고 있었다. 분만실에는 아내와 나, 두 사람만이 있었다. 아내가 계속 아파하는데 옆에서 할 수 있는 게 없었다. 그저 육안으로 확인하는 아내의 몸 상태와 기기가 알려주는 아이의 심장박동과 toco 수치를 확인하는 것뿐이었다. 아내의 통증, 즉 toco 수치는 처음에는 20 내외였는데 통증을 심하게 느낄 때는 80~100 사이를 왔다 갔다 했다. 진통 주기는 내가 알고 있는 것보다 짧았다. 분만실에서 산모의 자궁 경부가 열린 정도를 확인하는 방법은 따로 있지 않고 손가락을 넣어서 확인하는 '내진'뿐이다. 아내는 처음부터 '내진'을 너무 아파했다. 처음 병원에 도착해서 아내는 병실로 들어가고, 나는 병실 밖에서 기다리고 있었다. 그때 아내가 소리를 지르는 것을 듣고 무슨 일이 난 줄 알았다. 밖에서 기다리라고 했는데 들어가 봐야 하는 게 아닌가 고민하기까지 했다. 내진은 한 시간에 한 번씩 하는데, 아내는 내진을 할 때마다 고통스러운지 크게 소리를 질렀다. 점점 진통이 심해졌고 toco 수치는 자주 100을 찍었다. 반복된 통증으로 아내는 내진을 무서워하기 시작했다. 힘들게 내진을 해 자궁이 열린 정도를 확인해 보면 고작 2cm가 열려 있었다. 분만이 가능한 10cm까지 가는 길이 험난해 보였다. 이제 출산 시작점 밖에 오지 못했는데 아내의 고통과 기기가 표시하는 고통은 이미 기준을 상회하고 있었다.

아내의 진통은 오후가 되면서 더욱 심해졌다. '이제 못한다', '더 이상 할 수 없다', '살려달라'며 우는 아내를 보는 건 너무 고통스러운 일이었다. 나는 출산 과정을 본 적이 없으니 의사와 간호사에게 의지하는 방법밖에 없었다. "원래 다들 이렇게까지 아파하나요?" "지금 이게 괜찮은 게 맞나요?" "앞으로 더 많이 아파하게 되나요?" "이렇게 아파하는 게 얼마나 오래갈까요?" "무통 주사를 맞는다면 얼마나 시간이 지나야 될까요?" 등 계속 질문을 던졌다. 돌아오는 대답은 "더 많이 아파할 거다. 통증도 더 오래갈 것이다."라는 말이었고, 자궁 경부가 열리는 시간에 대한 대답은 "알 수 없다." "원래 초산은 더 오래 걸린다."와 같은 너무 막연하고 기약 없는 말 뿐이었다. 자궁 경부는 진통 후 7시간이 지나도 여전히 2cm밖에 열리지 않았다. 정말 이대로라면 48시간이 걸려서 아이를 낳는 상황이 될 수도 있겠다고 생각했다. 아내가 아파하는 모습을 보며 나도 같이 울었다. 사랑하는 아내가 이토록 아파하는 걸 보는 게 너무 힘든 일이었다. 내가 아무것도 할 수 없다는 사실도 나를 힘들게 했다. 간호사도 옆에서 아내를 많이 응원해 주라는 말밖에 하지 않았다. 해결책이 필요했다. 간호사에게 아내가 제왕 절개를 하고 싶어 한다며 의사 선생님과 만나게 해달라 요청했다.

의사는 조금만 더 참으면 자궁 경부가 더 열리고, 무통주사를 맞으면 훨씬 수월해질 거라고 아내를 설득했다. 하지만 이미 아내의 마음은 꺾여 있었다. 의사는 두 사람이 충분히 상의하고 동의한 것이냐며 내 의견을 물어보았다. 나는 아내의 의견을 따르겠다며 아내가 더 이상 견딜 수 없을 것 같이 느껴진다고 말했다. 의사는 몇 가지 검토를 한 후 제왕 절개를 하기로 결정했다. 하지만 우리가 다니는 병원은 대학병원이 아닌 집에서 가까운 병원이었기 때문에 마취과 의사가 상주해 있는 곳이 아니었다. 병원에서는 급하게 몇 곳에 연락을 했고, 오후 5시에 제왕 절개 수술이 잡혔다.

사실 나에게 출산은 염려보다 기대에 더 가까웠다. 드디어 아이를 만난다는 기대감과 함께 길었던 기다림이 끝나는 날이기도 했다. 그동안의 힘듦이 기쁨으로 마무리될 수 있는 기적 같은 일이라 여겼다. 하지만 분만 과정에서 너무나 고통스러워하는 아내의 모습은 눈에 담기도 힘들었다. 내가 할 수 있는 건 그저 울고 있는 내 모습을 최대한 들키지 않으면서 아내 옆에서 달래주는 것과 눈에 보이는 몇 가지 정보들로 현재의 상황을 파악하는 것뿐이었다. 나는 아이를 만난다는 기대감보다 힘들어하는 아내의 상황이 최대한 나아질 수 있도록 바라는 마음이 훨씬 더 컸다. 내가 너무 안일한 마음으로 출산을 준비했다는 걸 알게 됐다. 임신을 하고 출산을 준비하는 마음을 가진다는 건 얼마나 어려운 일인가. 아내는 얼마나 무섭고 외로웠을까?

제왕 절개는 척추 마취를 한다. 그리고 수면 마취는 선택사항이다. 수면 마취를 하지 않으면 아이를 곧바로 안아볼 수 있지만 수술 과정에서 하는 말과 소리를 다 들어야 한다. 아내는 무서운 마음이 컸기 때문에 수면 마취까지 하기로 했다. 아내는 아이를 낳기 위해 최선을 다하고 있었다. 아내는 겪어 보지 않으면 알 수 없다는 마음으로 자연 분만을 시도했다. 그래서 유도 분만 촉진제를 맞고 진통을 겪으며 본인이 할 수 있는지 없는지를 파악했다. 나는 때가 되면 다 잘하게 되어 있다는 막연한 마음으로 현재와 미래를 대했지만, 아내는 스스로를 독려하고 아이를 키우는 자기 자신을 키워 나가기 위해 280일을 쌓아 올렸다. 아내는 아이를 배 안에서 키우며 엄마로서의 자기 자신도 키운 것이었다. 제왕 절개도 쉬운 선택은 아니다. 개복 수술을 하는 건 그만큼의 리스크가 있고 회복에도 시간이 오래 걸린다. 또 수술 후 며칠 동안 겪어야 하는 통증은 자연 분만에서 겪어야 하는 통증을 길고 넓게 늘어뜨린 것과 유사하다. 하지만 불확실한 고통보다 확실한 고통이 더 낫다고 아내는 말했다.

오후 5시가 되어 아내는 수술실에 들어갔다. 고통에 절여진 상태로 수술실에 들어가는 아내를 바라보며 남편으로서의 나의 소임을 다하지 못하는 것 같은 마음이었다. 울던 아내가 자꾸 떠올랐다. 수술실 밖에 서서 안을 바라보고 있는데 아이가 크게 우는소리가 들렸다. 그리고 곧 사람들의 박수 소리가 들렸다. 하지만 아내의 소리는 들리지 않았다. 280일 동안 아이를 품고, 10시간 동안 진통을 겪으며 모든 고난을 이겨낸 아내는 태어난 우리 아이의 얼굴을 보지 못한 채 잠들어 있었다. 그 생각이 들자 슬픈 감정이 물밀듯이 밀려왔다. 아내가 안쓰럽게 느껴졌다. 아내가 우리 아이를 보지 못했다는 사실이 너무 슬펐다. 아이가 수술실을 넘어 나에게 왔다. 얼굴이 뽀얗고 눈두덩이가 길고 혀가 예쁜 아기가 초록색 천에 싸여 있었다. 그토록 보고 싶었던 우리 딸이었다. 딸을 본 나는 벅차올랐다. 이 마음을 설명할 수 있는 방법이 있을까? 고난과 힘듦의 실을 길고 긴 시간 동안 꿰었더니 세상 누구보다 예쁜 우리 딸이 되었다. 너를 만나기 위해 나는 긴 시간을 그렇게 돌고 돌아 아빠가 되었나 보다.

수술을 마친 아내가 한 시간이 지나 꿈에서 깨어났다. 쉬이 눈을 뜨지 못하던 아내를 깨운 건, 내가 동영상으로 틀어준 아이의 꿈결 같은 울음소리였다. 아내는 아이의 울음소리를 들으며 긴 시간을 울었다. 긴 시간 동안 울고 또 울었다.

아빠가

2024년 1월 17일 오후 5시 19분, 3.19kg으로 너는 태어났다. 살면서 처음 느끼는 감정이었다. 그 마음을 어떻게 표현할 수 있을까? 너를 처음 만나던 순간을 나는 영원히 잊을 수 없을 것 같다. 수술실 유리 벽 안에서 수술실 카트에 올려져 나를 향해 다가오던 너를, 그렇게 나는 39년을 기다려왔다. 초록색 천에 둘러싸여 하얀 얼룩이 묻은 채 간호사의 두드림에 큰 소리로 울던 너는 그렇게 나와 함께하게 되었다. 처음 아이를 만나면 기대했던 얼굴이 아니라서 실망한다고들 하던데, 너는 첫 만남부터 그렇게 예뻤다. 뽀얗고 동그란 얼굴에 가득한 볼을 갖고 옆으로 긴 눈과 코가 나를 닮은 듯도 싶고 엄마를 닮은 듯도 싶었다. 너를 너무나 만나고 싶었던 나와, 엄마를 걱정하는 내가 함께 있어 나는 웃을 수도 울 수도 없었다. 그래서 웃기도 하고 울기도 했다. 너를 보고 있어도 눈물이 났고, 엄마를 보고 있어도 눈물이 났다. 너는 잠시 얼굴을 보여주고는 다시 내 눈에서 사라졌다. 마취에서 깬 엄마도 그렇게 섧게 울었다. 네가 태어났는데 우리는 너를 오래 볼 수 없었다. 너는 보호를 받기 위해 빠르게 신생아실로 들어갔다. 엄마와 아빠는 너무나 어설픈 사람이라 너와 함께할 수 없었다. 그날은 그게 그렇게 슬펐다.

너는 곧 간호사에게 안겨 다시 나에게 왔다. 너는 하얀 천에 싸여 깨끗해진 얼굴을 하고 있었다. 간호사가 너의 손가락과 발가락, 팔과 다리, 몸과 등, 엉덩이 모든 부위를 보여주고 이상이 없다고 설명해 줬다. 사실 나는 그 설명을 들을 수 없었다. 눈앞에 있는 네가 너무 신기하고 너무 아름다워서 너를 보고 있기에도 마음이 벅찼다. 너를 보고 있으니 다시 눈물이 났다. 갑자기 우는 게 부끄러워 마음속으로 울고 있었는데 볼에 눈물이 흘렀다. 나는 많이 울고 많이 웃었다. 엄마가 너를 무척이나 보고 싶어 했다. 엄마는 수술을 해서 너를 이틀 넘게 보지 못했다. 엄마는 많이 아팠고, 몸을 회복해야 했다. 많이 아프고 움직일 수 없었다. 엄마도 무척이나 많이 울었다. 너를 볼 수 없어서 울고, 네가 태어남에 감사해서 울고, 너와 함께할 수 있음에 울고, 지금 너와 함께할 수 없어 울었다.

　나는 너의 첫 번째가 되고 싶었다. 엄마가 너를 품고 있던 순간에 아빠는 문득문득 엄마가 부러웠다. 나도 너를 품고 싶었다. 그렇게 내가 너를 위하고, 네가 세상에 태어나는 데 의미를 주는 사람이 되고 싶었다. 너의 모든 순간을 보고, 너의 모든 순간을 돕고, 모든 순간을 너와 함께하고 싶었다. 너를 낳고 너와 함께 있고 싶었다. 너를 위해 몸과 마음이 변하고 온전히 너를 위한 경험을 하고 싶었다. 하지만 아빠는 그럴 수 있는 존재가 아니었다. 나는 그게 너무 속상했다. 내가 너를 위해 변할 수 있는 몸이 없다는 것, 내 의지와 관계없이 변하는 게 없다는 것이 싫었다. 모든 것이 나의 의지에 달려있다는 게 속상했다. 의지가 없이도 저절로 몸이 변하는 신비를 체험하고 싶었다. 너를 돌보는 주체는 왜 엄마일 수밖에 없을까? 하루가 다르게 네가 자라는 시간에 함께 하고 싶었다. 네가 먹는 것과 자는 것, 너의 용변까지 모든 것을 내 눈에 담고 싶었다. 네가 온전히 엄마와 아빠를 의지하며 자라는 다시는 없을 순간들에 내가 많은 시간을 함께할 수 없음이 속상했다. 왜 나는 일을 하고 돈을 벌어야 할까? 왜 내 모든 순간이 너일 수 없을까?

그래도 나는 매일 너를 만나러 간다. 일을 하는 중에도 네가 생각나고 네가 보고 싶다. 네가 태어나고 바꿔 놓은 프로필 사진이 며칠 지나니 또 오늘의 너와 달라 사진을 다시 바꾸기도 했다. 너를 만나고 너를 품에 안고 있으면 세상이 너와 함께 둥실 떠오른다. 그렇게 떠오른 세상에는 너와 나 그리고 엄마밖에 없다. 그 세상에는 모든 게 젖 냄새로 가득하다. 공기도 물도, 옷과 침대에서도 젖 냄새가 난다. 엄마에게서 너의 젖 냄새와 같은 젖 냄새가 난다. 세상에 그 냄새만 있으면 좋겠다. 오늘 집에서 빨래를 하는데 어제 입은 나의 옷에서 네 젖 냄새가 났다. 나의 모든 세상은 너의 젖 냄새뿐이다. 오늘의 너는 어떤 얼굴을 하고 있을까? 오늘은 두 눈을 모두 뜬 채 나를 바라봐 줄까? 나에게서도 젖이 나오면 좋겠다. 그럼 나의 젖 냄새가 너에게 가득할 텐데.

네가 세상에 오는 날은 아침부터 눈이 내렸다. 그렇게 내린 눈은 나의 세상을 모두 덮고 너만이 나에게 있게 해 주었다. 그날 이후로 너와 엄마, 나 이렇게 세 명만이 존재한다. 그래서 너의 이름을 눈 설(雪), 꽃 영(榮)으로 지었다. 그날은 눈꽃 같은 네가 온통 가득했다. 너와 엄마의 이름은 마지막 한자가 같다. 나와 같은 성, 그리고 엄마 이름의 마지막이 같은 너는 이름처럼 눈꽃이고, 영예롭고, 영화로우며 무성하다.

너의 모든 순간이 나일 필요는 없다. 다만 나의 모든 순간이 네가 되면 좋겠다. 설영아, 아빠는 이제 나의 신비인 아름다운 너를 만나러 간다.

에필로그

서른넷, 서른여덟 여름에 만난 우리는 막연히 내년 가을쯤 결혼하면 좋겠다고 생각했다. 그런데 코로나 이후 예식장 예약하기가 어렵다는 말이 들려와서, 정말 그런지 알아도 보고 결혼업계의 동향도 살필 겸 플래너를 만났다. 플래너의 설명을 듣다가 정신을 차려보니 계약금을 결제한 카드와 영수증이 내 손에 있었다. 235,000원. 그게 우리 결혼식의 마중물이 되었다.

그렇게 시작하게 된 결혼식 준비와 신혼집 리모델링은 끊임없는 선택, 협의와 조정의 과정이었다. 두 사람 모두 어느 정도 나이가 있을 때 만났고, 문제 해결에 대한 의지가 있는 성격이라 원만하고 순조로운 편이었지만 예단,

상견례, 양가 어머니 한복 등은 비교적 난이도가 있었다. 그 과정을 거치면서 남자친구 한승훈에 '동지'가 덧붙여졌다.

연애 기간 7개월 중 결혼 준비가 5개월이었으니 길지 않은 연애를 하고 결혼을 한 셈인데, 밥-영화-카페, 영화-밥-카페 데이트를 몇 년 더 하는 것보다 밀도 있게 서로를 알 수 있었다고 생각한다. 오히려 결혼을 하고 '나머지 연애'를 했는데, 결혼식 준비를 하며 단단해진 후라 그 시간이 더욱 달달했다. 물론 신혼 두 달이 지나고 임신 테스트기에 선명한 두 줄이 뜨면서 우리는 또 새로운 국면에 들어섰지만 말이다.

39주 4일 동안 내가 자궁에 아이를 품으며 엄마가 되어갔다면 남편은 글을 쓰고 고민하며 아빠가 될 준비를 했다. 그런 의미에서 이 책은 사유하며 아이를 품었던 남편의 자궁 같다는 생각을 한다. 아이를 출산한 지 48일이 된 오늘, 임신 기간의 남편을 떠올려보면 남편은 사람들이 말하는 '임신한 아내를 힘들게 하지 않는 것' 정도에 그치지 않았고, 적극적으로 편안하고 안정적인 환경이 되어 주었다.

틈틈이 침투하는 불안과 두려움 때문에 잠들지 못하고

울던 나에게 어쭙잖은 말을 건네지 않고 말없이 따뜻하게 안아준 것, 육체적·정서적 통증에 매몰되기 쉬운 나를 자주 웃겨서 거기서 빠져나올 수 있도록 해준 것, 맛있고 정성 어린 요리를 해준 것, 내 손이 닿지 못한 집안 곳곳을 정갈하게 유지해 준 것이 특히 고맙다. 쉽지 않은 임신 기간이었지만 따뜻한 품과 손을 지닌 남편이 있어서 그 과정을 잘 지나올 수 있었던 것 같다.

아이가 태어난 이후 누구보다 주체적으로 육아와 집안일을 하고 있는 남편의 뒷모습을 보면서 협업의 절정은 육아인데 참 든든한 동지를 만났다는 생각을 한다. 결혼 1주년에 둘이 아니라 셋이 되어있을 줄은 우리 둘 다 몰랐고, 인생의 변화 속도를 감당할 수 없다면서 너스레를 떨었지만, 우리에게 와준 귀엽고 사랑스러운 딸 설영이가 있어서 더 깊게 행복한 날이다. 여보, 앞으로도 '의좋은 부부'로 잘 살아봅시다.

2024. 03. 04. 결혼 1주년에

아내 혜영

미주

1 태아 DNA 선별 검사 : 임신부의 혈액을 채취하여 임신부 혈액 안에 소량으로 존재하는 태아의 DNA의 차이를 정상군과 비교하여 다운증후군, 에드워드 증후군, 파타우 증후군과 같은 염색체 이상의 위험도를 알아보는 검사
2 정신적·신체적인 이유로 독립적인 일상생활을 수행하기 곤란한 65세 또는 60세 이상의 노인과 노인 부양가정에 필요한 각종 서비스를 제공하는 시설
3 Ventolin evohaler : 기관지 확장제 – 급성천식 및 만성 기관지경련의 처치제
4 Seretide diskus : 천식 치료제
5 Gilbert's syndrome : 간이 적혈구 속 빌리루빈을 제대로 처리하지 못해 황달 증상이 생겨 피로감을 느끼게 되는 가벼운 유전 질환
6 류현미 등 (2014) 임신관련 합병증 유병률 조사 및 위험인자 발굴, 질병관리본부 심혈관/ 희귀질환과 DSM-5(2013) 정신질환의 진단 및 통계 편람. APA
7 박종서 등, 2021년도 가족과 출산조사, 한국보건사회연구원 연구보고서 2021-50, 수정본(2023. 3. 20.)pp. 163
8 강남차병원 건강칼럼 [산부인과 심소현 교수] 출산이 시작된 걸까요? – 분만 징후 A to Z, 허유재병원 분만 과정 참조
9 베이비뉴스 아하연 칼럼, "무통주사 안 맞고 애를 어떻게 낳아요?" 참조

어려서부터 장래 희망은 아빠였다

초판 1쇄 발행 2024년 5월 20일

지은이 한승훈
펴낸이 박경애
편집 박경애, 정천용
디자인 피이피

펴낸곳 자상한시간
출판등록 2017년 8월 8일 제 320-2017-000047호
주소 서울시 관악구 관천로 20길 27, 201호
이메일 vodvod279@naver.com

ISBN 979-11-982403-5-4 03810